Burn. -バーン-

加藤シゲアキ

目次

Lights out

Guerrilla Radio Turn that shit up

It has to start somewhere

It has to start sometime

What better place than here?

What better time than now?

Guerrilla Radio : Rage Against The Machine

GUERRILLA RADIO

Words & Music by Tim Commerford, Zack de la Rocha, Tom Morello and Brad Wilk

1　ウィッカーマン

「ただいま」

声を発した直後に喉《のど》を詰まらせてしまい、レイジはごくりと唾《つば》を飲んだ。会場は思いのほか乾燥しているようだ。レイジは気持ちを切り替えてもう一度挨拶《あいさつ》をした。

「……ただいま……ご紹介にあずかりました夏川《なつかわ》レイジです……えっと……この度は名誉ある賞を頂きまして……」

高い天井からは豪勢なシャンデリアが吊《つ》るされている。その下で記者達は一字一句逃さないよう一斉にペンを走らせた。カメラのフラッシュが不規則なリズムで光るので、静めたはずの緊張が再び蘇《よみがえ》ってきた。

昔だったら、こんな場でだってスムーズに話せたのかなぁ。

レイジは左の人差し指で額の汗を拭《ぬぐ》い、当たり障りのない挨拶を続けた。

「とても光栄に思っております。二十年前は表舞台に立つ側でしたが、今ではすっかり舞台を作る側の人間になってしまいました。なのでこのような場は非常に苦手で……

……ゴホッ」

今度は話の途中で咳《せき》をしてしまった。会場の奥にいた望美《のぞみ》と目が合う。距離があっても彼女の表情が曇っているのは明らかだった。切れ味の悪いコメントと堂々としていないレイジの態度にイラついているらしい。

「とにかく」

話を締めるべく、言葉を際立たせるようにして喋《しゃべ》り直す。

「僕を応援してくださった皆様には感謝の言葉しかありません。これからもウィッカーマンの名に恥じぬよう、スタッフ、そして演者、一丸となって新たな演劇を作っていきます。本当にありがとうございました」

一礼し、拍手が鳴り終わるのを待ってからゆっくりと顔を上げると、軽い目眩《めまい》に襲われた。握るように瞬《まばた》きを三度繰り返してから、レイジは会場にいる人々を見回した。嬉々《きき》とする者、カメラのシャッターを押す者、メモを取る者、携帯をいじる者、無表情の者、人と喋る者と様々だった。

「夏川レイジ様、ありがとうございました」

司会を務めるテレビ局の女性アナウンサーが段取りを説明する。

「それでは次に受賞者の皆様に御登壇頂き、スチール撮影に移りたいと思います。準備の間、しばしお待ちくださいませ」

スーツのボタンを外しながらステージを降りるとまた目眩がしたので、小さく深呼吸した。緊張だけでなく、このところの過労が響いているようだ。ドリンクを配るウェイターへと歩み寄り、ミネラルウォーターを受け取る。アイスコーヒーにしたいけれど、カフェインに頼ってばかりの日々が続いているので今は自制することにした。一口飲むと気分は随分楽になったが、ただの気休めに過ぎない。

「レイジー、おめでとさーん」

突然肩を組んできた彼が誰だか、振り向かなくても声で判断できた。

「お疲れさまです」

佐々木《さ さ き》は飛びかかるようにしてレイジの肩に腕を回した。学生時代にラグビーで鍛えたという自慢の筋肉は、予想以上に重かった。

「疲れてんのはお前だろー。レイジは今年でちょうど三十だよな」

「はい」

佐々木は大胆にため息をつき、ゆったりとした口調でレイジに賛辞を送った。

「三十路《み そ じ》っつー若さでウィッカーマンになるなんてさすがだなー。最年少らしいじゃないの」

「そもそもこの賞自体、それほど歴史あるものじゃないですから」

「謙遜《けんそん》すんなって。はぁーあ。結局天は二物も三物も与えるんだなー。……って、もうすでに誰かに言われた？」

「五人目です」

あはははは、と佐々木はいつものように大声で笑った。

「だよなー、皆《みんな》考えること一緒か！　まぁこれで次回作の動員見込めるし、ウチの局としては万々歳よ！　だからいい作品、頼むぜ」

「はい」

レイジがグラスを置いて弱々しく答えると「ちなみにどんな作品にしたいとか、もうざっくり決まってるの？」

「撮影準備が調いました。受賞者の皆様御登壇ください」

返答に困るレイジを救うようにアナウンスが入った。おかげでやっと逃げられると思いきや、佐々木は「なぁ、どんな感じよ？」と真剣な眼差《まなざ》しでレイジに詰め寄った。

「……宝探しの物語です」

咄嗟《とっさ》に口を衝《つ》いて出た言葉は全く心当たりのないものだったけれど、「すいません呼ばれたんで」と一言述べて会釈をすると、佐々木の表情は一変し、「いいじゃない」と興奮した様子で笑みを浮かべた。そして最後に「レイジ様。素敵な作品、楽しみにしてます」とまた念を押した。

ふらふらと壇上にあがるとイベントスタッフの一人に「夏川さんはこちらで」とス

テージのセンターに促される。レイジの周りには演劇界の大御所やベテラン女優、旬の新人俳優など、今回受賞した錚々《そうそう》たる人達が並べられた。大賞だから仕方ないかと思う一方で、自分なんかが滅相もないという思いが膨らむ。皆が容易《たやす》く笑顔を作る中で、トロフィーを持ったレイジだけが硬い笑みを浮かべていた。

「第十三回ウィッカー演劇大賞授賞式、これにて終了させて頂きたいと思います。本日は誠にありがとうございました」

写真撮影を終え、一同は控え室に戻った。部屋に入るなり、数人が「お疲れさまでした」などと言いながら、テーブルに並べられた軽食に手をつけた。特にサンドイッチはこのホテルの名物ということもあってすでに随分と減っていて、「やっぱりうまいですね」などと受賞者同士が仲良く話していた。賑《にぎ》やかに話す彼らを横目にレイジは壁際の椅子に一人座り、授賞式の主催者である石田《いしだ》が最後の挨拶に来るのを待つ間、俯《うつむ》きながら次作について思案した。

ここまで何も思い浮かばないのは舞台に携わってから初めてだった。いつもならやりたいことが多すぎてまとまらないほどなのに、今回は少しも糸口が見えない。それでも公演は日に日に近づいてくる。本番まであと二ヶ月というのは、本来ならチラシを作って劇場などに配っている頃なのに、脚本はともかくタイトルもプロットも決まっていないというのはかなりまずかった。佐々木の提案で仕方なくチラシには「第十三代ウィッカーマン夏川レイジ最新作！　タイトル、キャスト、内容ともにギリギリまであえて公開せず!!　乞《こ》うご期待！」とまるで全てこちらの狙いであるようなコピーを打ち出した。出演者らもこの異常事態に慌てたのか、「僕らに出来ることありますか？」と次々に連絡をよこしたが、そもそも自分が何をしたいか分からないのに、彼らに出来ることなどひとつもなかった。

スターターピストルは鳴ったのに金縛りにあっている気分がずっと続いている。

レイジは重たい空気を振り払うように後ろで束ねた長い髪を解《ほど》き、そして全ての毛髪をざっくりと集めて結び直した。

「夏川さん」

透き通った声に反応して顔を上げると、和服に身を包んだ世々子《よよこ》が穏やかな笑みを浮かべて立っていた。尊敬する女優が突然目の前に現れたことに少し狼狽《うろた》えてしまい、レイジはなかなか言葉を発することが出来なかった。

「お隣、よろしいかしら」

「あ、はい」

隣の椅子に置いていたトロフィーを摑《つか》んで「どうぞ」と言うと、世々子はまた柔らかく微笑んで腰を下ろした。

「お久しぶりです。夏川レイジです」

そう挨拶《あいさつ》をしたもののレイジにとっては初対面に等しく、ちっとも懐かしいことはなかった。それどころか生で見るテレビスターの迫力に圧倒されてしまい、興奮と動揺が入り交じっていた。数秒間目が合っただけでレイジは照れてしまい、間を埋めようと「挨拶が遅れてすいません」と続けざまに言った。

「いいのよ、遅れたのは私の方なんだから」

世々子は前の現場の撮影が延びているため授賞式が始まってから会場入りすることになっていた。そのため他の受賞者には事前に挨拶を済ませていたが、世々子だけはタイミングを逃したままで、結果的に声をかけさせてしまった。

「『スチールダンス』以来だから……何年ぶりになるのかな？」

「二十年です」

記憶がないだけで、二十年だとすぐに分かる。

「スチールダンス」とは二十年前に半年間放送されたサスペンスドラマで、主演は国民的女優の神部《かんべ》裕未《ゆみ》だった。そしてこのドラマ内で、彼女の娘、世々子は新人女優としてデビューした。親子の共演と社会に問うような重たいテーマが話題を呼び、高視聴率ドラマとして今もテレビドラマ史に名を残している。名子役として日本中に名を馳《は》せていたレイジも「スチールダンス」に参加していた。らしい。

「いいのよ、あの頃みたいにお姉ちゃんって呼んでも」

世々子はそう言って悪戯《いたずら》っぽく微笑んだ。けれどレイジはどうすることも出来ず、ただただ困惑した。

「あの撮影は本当に楽しかったわ。脚本は暗かったけど現場はいつも和やかで。私達皆から『本当の姉弟《きょうだい》みたいだね』なんて言われてたもんね」

世々子との記憶を失っている自分を心底恨んだ。彼女の力まない演技は個人的にとても好みだったし、たおやかな容貌《ようぼう》は異性としてタイプだった。今の浮き足立った自分を望美が見たら、きっと怒るに違いない。

「でも私レイジくんのこと、すごく心配してたのよ。あの時、よくケガしたり、お母様と揉《も》めてでしたでしょ。楽屋が隣だったから、時々話が聞こえたりして」

心当たりが全くなく、むしろ他人の話を聞いているようだった。

「レイジくん？　本当に覚えてる？」

ドキッとした。探りながら会話しているのがばれてしまったようだ。適当に話を合わせるつもりだったが、レイジは全てを打ち明けることにした。そんな気持ちになったのは、もう少し世々子と話したかったからかもしれない。

「あの実は……二十年前の記憶だけが欠けてるんです」

世々子は冷静に「何それ。イタズラ？　どっきり？」と言った。そういったリアクションにもレイジはとっくに慣れている。

それから事の次第を全て世々子に話した。この嘘みたいな話も何十回、何百回と繰り返し話してきたせいか、少しも躊躇《ちゅうちょ》することなく説明できるようになっていた。

「じゃあ、共演してたことも？」

「はい。自分が子役をやっていた記憶はほぼありません。その頃の映像とか見ると他人にしか思えないんです。もっとも、思い出せなくて辛《つら》いんで子役時代の映像を改めて見ることもないんですけど」

それでも世々子とは初対面でないと認識できたのは、子役時代の自分の経歴を当時の映像や資料などで把握していたからだ。ただそれは歴史年表を暗記しているようなものに近く、どの出来事にも実感はなかった。

初めは疑っていた世々子も「私に嘘つく意味ないものね」とようやく信じてくれた。それから世々子はスチールダンスでのエピソードをいくつも話してくれた。少年少女が撮影現場で戯れる景色がなんとなく目に浮かぶ。けれどどれも自分とは重ならず、やっぱりピンとこなかった。

「本人に説明するって変な感じね」

世々子は気恥ずかしそうに微笑んだ。

「でもあれね、二十年も経つと、すっかり大人の男になっちゃうのね」

「僕、もうすぐ親父になるんです」

世々子が素《す》っ頓狂《とんきょう》な声を出したので辺りが一瞬静まり返る。

「本当⁉　おめでたいことばかりじゃない。私なんて四十にもなって独り身よ」

自虐的に笑う世々子はとても美しく、可愛げがあった。切れ長な瞳《ひとみ》とシャープな顎《あご》のラインは彼女の奥ゆかしさを象徴していて、透き通るような薄い肌と艶《つや》やかな唇は女性ならではのしなやかさを体現していた。唯一、目尻《めじり》の仄《ほの》かな皺《しわ》だけが不惑ということを物語っていた。

「本当に嬉《うれ》しいわ。レイジくんとこうしてまた会えて、しかも素敵な知らせも聞かせてもらって」

世々子が面と向かってそんなことを言うので、レイジは胸がくすぐったくなった。

ガチャッとドアが開くとようやく石田は現れた。でっぷりと太った腹と白髪交じりのオールバックという組み合わせは、いかにも出版社の社長という雰囲気を纏《まと》っていた。

「本当に皆様今日はご苦労様でした。そして改めて、おめでとうございます。私がまだ編集者だった時に立ち上げた雑誌『ウィッカー』、そしてそれに付随して創設した演劇大賞がここまで大きくなったことに非常に感動しています。賞を授ける、と言うと随分と大仰に聞こえますが、我々の仕事はただひとつ。皆様の作品を世に伝えること、それだけです。この賞をきっかけに演劇に対してたくさんの人々が興味をもってくれればそれ以上幸せなことはありません」

下手《したて》に出るような話しぶりだがどことなく不遜《ふそん》な言いようで、大物演出家の一人は明らかに苛立《いらだ》っていた。

「これからも変わらぬ思いで皆様に尽力させて頂きたいと思っております。そして今後とも雑誌『ウィッカー』をよろしくお願いします。本当に今日はおめでとうございます」

挨拶を終えると、石田自ら受賞者を讃《たた》えるように大袈裟《おおげさ》に拍手をした。追いかけるように周りにいた関係者も慌てて手を鳴らした。

「なんか偉そうですね」

レイジは小声で囁《ささや》いた。

「しょうがないのよ、ウィッカーの創設者なんだから」

演劇雑誌ウィッカーは、下火だった演劇業界を再び盛り上げた一つのきっかけだった。既視感のある演劇を厳しく批評し、小劇場の作品でも優れていれば大々的に取り扱った。そこから世に出た役者は今ではテレビドラマにはなくてはならない名脇役になっていたり、演出家はシアターコクーンや赤坂ＡＣＴシアターの常連になることも少なくなかった。なにより青山劇場・青山円形劇場の閉館に関して、「老朽化」という大義名分の向こうにある真実を徹底的に暴いてその現状を伝え、存続を求める署名活動やイベントを積極的に行ったことにより、最終的に厚生労働省の決定を覆した。それは演劇ファンを大いに盛り上げ、味方にした。それに伴ってウィッカー賞も演劇のアカデミー賞と称され、演劇にさほど興味のない人間をも注目させるほどの影響力を持ち始めていた。ウィッカーマンというのは、この演劇大賞に選ばれた人間の通称だ。しかしその一連の革命をレイジは見ることができなかった。

「実は僕、ウィッカーが一番盛り上がった時ロンドンにいたんで、偉大さがいまいちピンとこないんです」

演劇大賞受賞には感謝しているものの、大々的に取り上げられたことにより創作のペースを乱されていることも事実だった。

石田は秘書の女性から十数個の紙袋を受け取り、それを受賞者一人一人に配った。中身は石田が最近お気に入りだという焼き菓子と紅茶のセットで、配りながらまるで自分の店であるかのようにそれぞれの魅力を自慢げに話した。レイジは全く聞いた覚えがなかったが、世々子は「今流行《はや》ってるのよ。明日の撮影に差し入れしようと思っていたからちょうどよかった」と喜んでいた。

石田はほとんどの人に紙袋を配り終え、最後にレイジと世々子の前にやってきた。

「世々子さん、女優賞おめでとうございます。世々子さんが昨年の舞台で演じられた

『砂上の砦《とりで》で歌う者』の母上役、本当に素晴らしかったです。神部裕未さんの遺伝子と言うと失礼かもしれませんが、でも、そう思わざるをえませんでした。世々子さんにこの賞を取って頂けて私はとても――」

「石田さんにそう言ってもらえると、これからも女優としてやっていける自信がつきます」

世々子の応対は丁寧なだけでなくチャーミングだった。石田はすっかり心を奪われた様子で、顔の筋肉がだらしなく垂れていた。

「夏川くん、演劇大賞受賞おめでとう。君ほど今年のウィッカーマンにふさわしい人はいないと私も思っていたよ」

「ありがとうございます。光栄です」

すでに役者ではないとはいえ、演劇に携わる者としてはこのような思ってもいないセリフを本心のように言うのは訳も無いことだった。

「次の公演はどこでやるんだったかな」

「パルコ劇場です」

パルコ劇場は渋谷《しぶや》パルコ　パート1の九階にある客席数四百六十席ほどの劇場で、小規模ホールにもかかわらず人気作や話題作を次々に上演している。そのため演劇人にとって憧《あこが》れの聖地となっていた。

「傑作楽しみにしてるよ」と気持ちの悪い笑みを浮かべ、石田はようやく紙袋を差し出した。

控え室を後にし、ロビーを目指しながら望美に電話をかけたが出なかった。おそらく関係者に最後の挨拶《あいさつ》をしているのだろう。妊婦となった今でも、レイジに欠けた社交性を補うのは望美の役目だった。世々子のマネージャーはホテルを出てすぐの所に車を停めて待っているらしく、レイジも見送りを兼ねてそこまで歩くことにした。

「レイジくんが芸能界やめたの、どっかで私のせいじゃないかなぁって思ってたの」

「どうしてですか」

「ドラマの撮影でね。レイジくんが監督に一度だけ注文をつけた、というか歯向かったことがあったのよ。でも監督は結局意見を聞き入れなくて。そのあとね、楽屋でレイジくんがお母様に怒られているのが聞こえたの。助けにいってフォローしようかと思ったんだけど、タイミングを逃してしまっていけなかった。もしそれがお芝居を嫌いになった原因だったりしたら、私にも責任があるなと思ってた」

「そんなことないですよ」

世々子は冗談っぽく顔をしかめて、肘《ひじ》で軽くレイジを小突いた。

「覚えてないくせに」

ホテルの回転扉を抜けると世々子のワンボックスカーは数メートル先に停まってい

たが、外は突然の夕立で、濡《ぬ》れるのを嫌がった僕らは立ち往生する羽目になった。その様子に気づいたホテルのコンシェルジュが傘を二本貸してくれたので、お礼を言って雨を凌《しの》ぎながら車の前まで歩いた。

近づくと車のドアは自動でスライドした。

「じゃあね、レイジくん」

車に乗り込んだ世々子から畳んだ傘を受け取って、「またいつかお会いできるのを楽しみにしています」と丁寧に別れの挨拶をした。

「なにかあったら連絡ちょうだいね」

「はい」

世々子が乗り込んだ車が去るのを見送りながら、なにかあったらというのは一体どんな「こと」なのだろうと考えに耽《ふけ》った。具体的な「こと」を想像してみるけれど、どの想像も全てネガティブな「こと」でしかなく、それは実際にないに越した「こと」だった。しかしそうだとすれば自分は世々子に連絡しないに越した「こと」はなく、でも会いたくないという「こと」ではないので、これはどうしようもないジレンマだなとレイジは頭を悩ました。

考えの出口を探し倦《あぐ》ねた頃、やっと望美から折り返しの電話があった。

「ごめん、今駐車場だからあと数分で正面玄関の前に着く」

「分かった、気をつけてね」

電話を切ると、そもそも自分は世々子の連絡先を知らないということに気づいた。あんなに忙しい人にまた簡単に会えるわけないだろう、と調子に乗っていた自分を戒める。そんなことばかりあれこれ考えているうちにレイジは思わず笑みを零《こぼ》していた。

「何笑ってるの。早く乗って」

雨音を裂くように放たれた望美の声にハッとすると、青のデミオがレイジを迎えにきていた。「なんでもないよ」と言いながら、運転席の方に回り込む。

「降りなよ」

正直、駐車場からの数百メートルの距離でさえ、妊娠七ヶ月の妻に運転してもらうのは気が引けていた。しかし望美は表情を少しも変えず、「あなたの顔色見たら、安心して助手席なんか乗れないわよ」とぴしゃりと言い放った。「いや、でも」と言っても「いいから早く」と急《せ》かされるばかりで、レイジは諦《あきら》めるように助手席側に戻って車に乗り込んだ。

外にいたコンシェルジュに二本の傘を返し、再びお礼を言ってドアを閉めると望美はゆっくりアクセルを踏んだ。

焼き菓子と紅茶とトロフィーの入った紙袋を足下に置いて車のシートにもたれかかると、途端に身体に力が入らなくなり、このままシートに背中が吸い付いて起こすことができないんじゃないかという気になった。思った以上に疲弊していることを実感する。確かにこんな状態で運転は出来ないかもしれない。ほどいたネクタイを押し込むようにポケットにしまい、首もとのボタンを幾つか外すとようやくリラックスできた。

「はぁ、ハンカチくらい持たせておくんだったわ」

リクライニングを倒そうとしたが、望美の語気に考えを改めた。彼女の後悔の奥に隠された鬱憤《うっぷん》を読み取るのは、二人が共有してきた時間の中で培われた能力のひとつだった。

「スーツを着せるので精一杯だった自分が恥ずかしい」

「ごめん、体調が優れなくて」

「だからって指で汗を拭《ふ》くなんて。みっともない」

望美の前では謝ってばかりだった。特にここ最近は、母としての自覚が芽生え始めたのか、レイジを咎《とが》めることが多くなった。理不尽な文句も時折あったが、それ以上に妻として、マネージャーとして尽くしてくれていたので、反論する気にはなれなかった。

「脚本で忙しいのも分かるけど、お世話になってる方、これからなる方、たくさんの関係者がきていたんだから、ああいう時はきちんとしてね」

望美は妊婦用のスーツに身を包んでいて、首元には嫁入り道具として母からもらったというパールのネックレスが輝いていた。普段は味気ないマタニティウェアばかりだったからその姿は新鮮で、レイジは窘《たしな》められているにもかかわらず、見とれてしまった。

「でもあれだね、佐々木さん、ちょっとめんどくさいね」

「調子いいし、見た目堅気に見えないしね。でもすでに部長レベルなんだって」

「その割には無駄にへりくだるよね。仕事の上で、あぁいうキャラなのかな」

「俺にはそうでもないけどね」

「そうなの？」

「何か言われた？」

「いろいろね。『レイジさんのプロデューサーをやれてよかったです』とか『次は宝探しの話なんですって？』とか」

「宝探しは嘘だよ」

「分かってる。初耳だもん」

車が首都高に合流すると夕立は一層激しさを増し、車体を意地悪にばちばちと鳴らした。

「ねぇねぇ、ウィッカーってどういう意味？」

望美が短い髪を耳にかけると、ネックレスと合わせたパールのピアスが露《あらわ》になった。

「ｗｉｃｋｅｒは小枝で編んだ籠《かご》とか椅子とかそういう工芸品のことだよ」

「ふーん」

望美は不服そうに声を漏らし、「なんでそんなの雑誌名にしたんだろうね」と言いながら眉間《みけん》に皺《しわ》を寄せた。そして閃《ひらめ》いたかのように「あー、やっぱりいい舞台は一人じゃ作れない、様々な思いが編まれて紡がれて作られる、的な感じ？」と自問自答した。

「多分由来はそうなんだと思うけど」

レイジは説明を補足しようと姿勢を正した。

「ｗｉｃｋｅｒ ｍａｎって言うと少し意味が変わってきちゃうんだ。小枝で工芸品を作る人とかじゃなくて、ドルイド教のぶっ飛んだ儀式の名前なんだよ」

首を傾げた彼女が立て続けに質問を始める前に、レイジはひとつずつ丁寧に説明した。

「ドルイド教っていうのは古代ガリアでケルト人達が信仰していた宗教ね。カエサルが書いた『ガリア戦記』の中に記述があるんだけど……発生したのは大体紀元前五十年くらいって言われてて」

「カエサルって『……ブルータス、お前もか』の人？」

望美がカエサルに成りきって苦しそうに言ったので、レイジは不意に笑ってしまった。

「そうそう。で、どんな儀式かっていうと、でっかいウィッカーに犯罪者とか捕虜とか家畜とかいれて燃やしちゃうのさ」

「え！」

望美の高声《こうしょう》が車内に響く。

「なにそれ、生け贄《にえ》？」

「だね、人身御供《ごくう》」

車体は進路を右に変更し、スピードダウンした。

「その編み細工ってどんな形してるの？　ただの大きな檻《おり》みたいな？」

「それが人の形なんだよ。ウィッカーマンって呼ばれる、巨大な人型の編み細工」

「人の中に人が入って燃やされるの!?　何それわけ分かんない！」

ウィッカーマンが燃え盛る姿をなんとなく想像してみた。メラメラと巨大な人形が燃えていく。中で悶《もだ》える人間や動物。脳内スクリーンに投影された残酷で悲惨な儀式は、徐々に階段で燃える一人の男の映像にスライドしていった。

火を纏《まと》ってのたうち回る男。それは映画やテレビで見た映像の記憶ではなく、深層心理から湧き出たような光景だった。映像はついに脳内にこびりついて離れない。連続再生されるとともに、次第に動悸《どうき》がきつくなっていく。

「どうしたの？」

はぁ……はぁ……はぁ……――

あっという間に息が出来なくなる。いや違う、むしろ反対だ。過呼吸。どうにもこうにも窮屈で、咄嗟《とっさ》に窓を開けると刺すような雨粒に襲われ、いよいよ意識が朦朧《もうろう》とし始めた。そのうちに視点も定まらなくなり、世界がどんどん反転していく。

「ねぇ、ちょっと大丈夫？」

大丈夫と言いたくても、声が喉《のど》に引っかかってぽろぽろと剝《は》がれてしまう。掠《かす》れた呻《うめ》き声ばかりが空中に浮いて、どうしようもなかった。レイジはどんどん濡《ぬ》れ、雨が体温を奪っていく。

「今車停めるから！」

高樹町《たかぎちょう》で首都高を降り、望美は左にウィンカーを出した。信号は黄色だったがアクセルを踏み、車線を左に跨《また》いで一般道と合流する。そのまま停止しようとハザードに手を伸ばした瞬間、レイジは左の脇道から黒い影が近づいてくるのを感じた。キュルルッと耳障りな音が鳴る。

「望美、ブレー――」

今まで感じたことのない衝撃に、レイジは意識を失った。

2 ―― 東京流れ者

宮下《みやした》公園。ブルーシート。スタジオ。シャボン玉。雨でぐちょぐちょになった校庭。煌《きら》びやかなキャバレー。炎――

まるでページを捲《めく》るような速さで夢を見る。現実か幻想か曖昧《あいまい》なラインだった。

続いてドアを引く音、静かな足音、人の気配、瞼《まぶた》の向こう側に感じる光――

レイジが薄《うっす》らと目を開くと、看護師が「夏川さん、意識戻りました」と覗《のぞ》きこんでいた。

「御気分はいかがですか？」

レイジは靄《もや》のかかった視界の中で一瞬のうちに様々な事情を見知し、そして悟った。自分はなんとか生きていること。とはいえすぐには立てる状況ではないこと。ここは病室であること。天井の広さから察するに個室であること。

咄嗟に隣を見る。望美はいなかった。最悪の想像が頭を駆け巡る。

すぐに白衣姿の男がやってきた。彼は眼鏡の奥で安らぎに誘うよう微笑みかけ、自己紹介をした。

「担当医の国澤《くにさわ》です」

「望美は、子供は無事ですか」

そう言うつもりだったが声が掠れてしまい、上手《うま》く話せない。国澤は「まずは水を飲みましょう」とレイジをゆっくり起こした。

渇いた喉を潤すと「順を追って話しますから、落ち着いてください」と声をかけた。

いかにも病人に話しかけるような口ぶりで、その遠回しな会話にレイジは少し苛立《いらだ》った。

「記憶はどこまでありますか、ご自身の名前は」

「夏川レイジです」

それから医師は年齢や生年月日、住所などを細かく質問した。質問というよりは確認らしく、国澤はカルテらしき用紙を見ながら、レイジが答える度に「なるほど」と頷《うなず》いた。

「夏川さんの容態は左腕に打撲が数ヶ所、側頭部に十五センチほど裂傷がありました。縫合したので一ヶ月程度で完治するでしょう」

そっと頭を触るとガーゼと医療用ネットに被《おお》われていて、不愉快な痛みが襲った。

いつも後ろで束ねていた髪は肩のあたりまでだらりと垂れていた。

「触っちゃだめですよ。頭部をCTスキャンした結果、頭蓋《ずがい》内の損傷は見られませんでした。ただ、あとあと意識障害が現れることもありますので経過はみていきましょう。順調にいけば数日で退院できると思いますよ。そして望美さんのことですが」

身体中が縛られたように緊張する。

「正直何とも言えない状態です。心肺そして脳にも異状はないのですが、未《いま》だ意識が回復していません。集中治療室で様子をみていますが、今後のことはまだ何とも言えません」

「お腹の子は」

「数日経っても意識が戻らなければ、母体を優先すべきだと思われます」

それから医師はすらすらと今後の段取りを話した。が、集中して聞いていられるわけもなかった。レイジは絶望に包まれたまま、それでも残されている少しの可能性を願った。

車椅子に乗せられて幾つかの検査を受けた後、やっと望美への面会が許されたのは夕方の時分だった。面会時間外だったが、医師の配慮で五分だけならと許可をもらった。案内されるままICUへ行き、専用の感染予防着に着替えて中に入った。

望美はたくさんの管に繋《つな》がれていた。それでも今すぐに目を覚まし、「おはよう」「いっぱい寝ちゃった」などと言っていつものように起きてきそうだった。山形《やまなり》になったお腹は改めて見ると随分と大きくなったように感じられて愛《いと》おしく、その分だけ「母体を優先すべきだと思われます」という刃《やいば》のような言葉が反芻《はんすう》される。どうにもならない無念さと自責の念が、胸の辺りでぐるぐると混じり合いながら絡まっていく。耐えられず、五分も経たずにICUを後にした。

病棟に戻るとソファーに佐々木が足を組んで腰かけていた。マフィアよろしく全身真っ黒のスーツに身を包んだ佐々木はレイジと目が合うなり無言で近づき、レイジの両腕を掴《つか》んだ。細めのサングラス越しにじっくりと手を観察されながら、レイジはこのまま殺されてしまうのではという気にすらなった。

「佐々木さん、痛いっすよ」

「これくらいなら書けるな」

「事故に遭った人に対する第一声とは思えませんね」

あはははは、と佐々木はいつも通りの笑い声を放ち、「でも本当は心配だったぞ」と言いながらレイジの車椅子を押した。

「お前携帯連絡しても出ないしな。昨日事故ったの知ったの今朝だったしよ。夫婦で事故っちゃったら困るっつーの」

「すいません、すっかり忘れてました」

佐々木が車椅子を押していく方向には小さな丸テーブルがあって、その上にはウィッカー賞のトロフィーなどが入った紙袋とレイジのバッグがあった。

「携帯と、ついでにパソコンも壊れてないかチェックしてくださいね、レイジくん」

「厳しいっすね」

携帯の電源が落ちていたので充電しながら起動し、その間にパソコンも起動させた。すぐに携帯に不在着信やメールの受信などを知らせるバイブ音がズーズーと鳴った。ほとんど佐々木と劇団員からの連絡だった。パソコンも特に異状はなかった。

「まぁ、パソコン壊れてても、今何も書いてないんで問題なかったですけどね」

「じゃあ、至急書いてな。宝探しってのは嘘なんだろ?」

「ばれてましたか」

「結果的に数日間はここで缶詰なんだから構想練るにはちょうどいいじゃないの」

「ホント、最低っすね」

思わずレイジが笑うと、またしても佐々木はあはははと口を開け、「また来るわ。クローゼットの中にお土産あるからよ、適当に使って」と言って部屋を出ていった。

クローゼットには着替えやアメニティーグッズ、煙草などがあって、もうひとつ小さな封筒が入っていた。もしや現金かと期待したが出てきたのはピンク色の「安産祈願」と刺繍《ししゅう》の入ったお守りだった。

そっと車椅子から立ち上がってみると特に不自由はなかった。煙草とライターを持って院内を歩いた。喫煙所はないということだったが、屋上庭園の人目につかない場所を探そうとそこを目指した。屋上庭園に出ると辺りは暗くなり始めていて、二十近くあるベンチを囲む花壇の花々は涼しげな風にそよいでいた。そのせいか人は一人もおらず、レイジは人目を気にすることも無く真ん中のベンチで堂々と煙草を吸った。望美が妊娠してからはほとんど吸っていなかったが、久しぶりの煙草は思いのほかレイジを癒《いや》した。緋色《ひいろ》から濃紺に移ろう夕暮れの下、おもむろに百円ライターを点《つ》けると炎は空のグラデーションと重なった。それはレイジを感傷的にさせるにはちょうどいい光景だった。そのうちにカチッ……ボッ、カチッ……ボッと点けては消してを繰り返していると、背後の扉が開くような音がした。レイジは慌てて煙草を地面に押し付け、吸い殻をそのまま直接ポケットに入れた。

人が庭園に入ってきた気配はあったが、レイジは振り返ることもなくぼんやりと空を眺めた。ゆっくりな足音と杖《つえ》をつく音が徐々にレイジに近づいてくる。それでもレイジは気に留めなかったが、さすがに気味悪く思ったのは、その「誰か」がレイジの隣に座ったからだった。他の全てのベンチが空いているにもかかわらず、自分の隣に座るというのはどうも解せなかった。

そっと隣を見ると、頭に紫のターバンを巻いた齢《よわい》六十ほどの老人だった。ペイズリー柄のローブを纏《まと》った身体は細く、座っていても高身長であるのは明らかだった。色白の乾燥した肌。瞳《ひとみ》はここではないどこか先を見つめているようだった。その奇妙さは、どこに類するのか判別できない新種の生物そのものだった。

「煙草ひとつ、貰《もら》えるかしら」

地を這《は》うような低い声とは裏腹に異様な艶《なまめ》かしさを帯びた物言いが、またレイジを混乱させた。その迫力に圧倒され、レイジはすんなりと煙草を渡し、彼の口元にライターを寄せて火を点けてあげた。

「ありがとう」

煙草を人差し指と中指の先端で挟み、手首を返して吸う様はやはり中性的で妖艶《ようえん》だった。凹凸の少ない顔を煙草の灯《あか》りがほんのりと照らした。

「アナタ、ケガでもしたの？」

戸惑いながらもレイジは「交通事故です」と返した。

「生きててよかったわね。生きてこそよ、人生なんて」

何処で生きても流れ者　どうせさすらいひとり身の
明日《あす》は何処やら風に聞け　可愛いあの娘《こ》の胸に聞け

彼が急に歌い始めた鼻歌は何処か聴き覚えがあった。それは歌詞とメロディーだけではなく、ねっとりとした粘着質なこの歌声も記憶にあった。風化していた思い出が逆再生するように、ゆっくりと蘇《よみがえ》っていく。

「ああ東京流れ者」

レイジは思わず歌ってしまった。ぼそぼそとまるで聞き取れない程度のボリュームだったにもかかわらず、彼は「あら、この歌知ってるの？　若いのに珍しいわね」と目を細めて言った。

「かつての知り合いだった誰かが、歌っていたような……気がするんです」

「何よそれ」

フフフと笑う皺《しわ》だらけの彼の顔を薄明かりの中でじっと見つめた。そのうち無意識に、レイジは脳内キャンバスに彼の顔をトレースして濃いめの化粧を施していた。長過ぎるつけまつげ、真っ赤なルージュ、極端に鼻筋を際立てるシャドウ。色をつけていくと、それは「かつての知り合いだった誰か」とぴたりと重なった。

「もしかして」

「なにか？」

顔は確実に思い出せたものの、名前が出てこない。

彼がレイジに顔を近づけると、覚えのあるオリエンタルな匂いがした。次第に眉間《みけん》に皺が集まり、理解できないアート作品を見るような視線でレイジを見つめた。

「どちらさま？」

「夏川レイジです」

彼がぽかんと開けた口から緩やかに煙が滲《にじ》んだ。

「うそ⁉　レイジちゃん？」

瞳は丸くなったまま、徐々に潤いを含んだ。

「もう会えないと思っていたわ」

先ほどより早口になっていて、それでも彼の話し方はおっとりしていた。今度は骨《こっ》董《とう》美術品を鑑定するかのように、レイジの顔をそっと撫《な》でる。

「すいません、ちょっとお名前が……」

レイジは失礼を覚悟で名前を求めた。

「えぇ、名前忘れちゃったのぉ？　悲しいわね」

「実は……二十年前の記憶がごっそり抜けてて」

煙草を吸う手を止め、彼は途端に顔を険しくした。そしてレイジを凝視しながら
「そう、記憶に蓋《ふた》をしちゃったのね」と、侘《わび》しそうに言った。

「ローズよ。バラのＲＯＳＥ。まだ思い出せない？」

ローズという響きにぼんやりと記憶が蘇る。

「なんとなく……」

「でも『東京流れ者』知ってるんなら、少しは思い出してくれたのよねぇ」

目を閉じてみると、ミラーボールが光を乱反射するステージの上でドラッグクイーンのローズが歌っている。その店の名前はすんなりと思い出せた。

「JANIS《ジャニス》」

「あら、覚えてるじゃないの」

渋谷の一角にあった不思議な建物。その中にJANISはあった。警察の目を掻《か》い潜るために厳重なセキュリティが設けられている。扉を三つも潜って――

傷に触れていないのに、急にズキズキと頭痛がした。脳が警告を発しているのだろうか。しかし、JANISに入っていくところを想像するとともに、レイジの鍵《かぎ》のかかった記憶が少しずつ解《ほど》けていくように思えた。

「少しだけ。思い出しました」

「しかし本当に、すっかりオトナになったわね」

昨日も同じようなことを言われたなと思いつつ、レイジは「もうすぐ親父になるんです」と同じ返事をした。

「あら、めでたいじゃないの」

しかしすぐに、父親になれないという可能性を想像して青ざめた。横たわる望美と面会してもそうはならなかったのに、今になって瞳から数滴の涙が零《こぼ》れた。

「すいません……気にしないでください」

「暗くてなんにも見えないわよ」

レイジは煙草を取り出し、ローズにも一本差し出した。

「ローズさんは、どうしてここに入院してるんですか？」

「入院っていうかね、ホスピスに入ってんの」

短くなった煙草をコンクリートに擦《こす》りつけ、新たな一本を受け取った。

「末期の肝臓がんでね」

思わず火を点けずに煙草を吸ってしまった。

「ほら生涯独り身だと、お金だけはあるじゃない。だからホスピスでゆっくり死んでやろうってね。ねぇ、火、点けてくださる？」

「煙草、いいんですか？」

「どうせ死ぬんだから好きにして何が悪いのよ」

救急車のサイレンが遠くで鳴る。

「レイジちゃんは今、何をしてるの？」

「しがない舞台劇作家、演出家です」

ローズは「あはは。そっか。そうよね」と一人で笑いながら何度も頷《うなず》いた。レイジはどうして彼が笑っているのか全く見当もつかなかった。

「世の中上手《うま》く出来てるわねぇ。アナタがフィクションを作るなんて」

「どういうことですか」

「知りたい？」

レイジが首を縦に振ると、「夜景でも眺めながら話しましょ」と誘った。レイジはローズの杖《つえ》を預かり、湯葉のような感触の手をとって屋上庭園のフェンスまで歩いた。夜風はずいぶんと冷たくて歩く度に頭部がギリギリと痛むけれど、ローズが『男の人に触れるのは久しぶりだわ』とジョーク交じりに言うのでレイジは無理矢理笑顔を作った。

「レイジちゃん、いつからあの頃のこと思い出せなくなったの？」

「小学四年生でロンドンに引っ越したんですが、一年後にはもうほとんど思い出せなくなってました。あっちに行ってすぐは英語覚えたり、飛び級しようと勉強してばっかりだったんで。気づくと日本の記憶はもう」

「お母様は？」

「母もあの頃のことは話したがらないですね」

「お元気？」

「えぇ、向こうで精力的に働いてますよ」

フェンス越しに見える夜景は見覚えのある渋谷の景色だった。スクランブル交差点、109、NHK、道玄坂《どうげんざか》、公園通り、パルコ、宮下公園。歓楽街の派手な光が眩《まばゆ》く散らばっていた。

「本当に何にも覚えてないの？」

「はい」

「徳《とく》さんのことも？」

徳さん――――徳さん徳さん徳さん徳さん徳さん――――

錆《さ》び付いた鍵が朽ちて壊れ、記憶が逆再生されていく。

またしても昨日のように動悸《どうき》が激しくなり、過呼吸になる。頭は熱くなり、割れそうなほど痛い。両手で口元を押さえて叫び出しそうになるのをどうにか堪《こら》える。フェンスにもたれかかるとカシャンと乾いた音が空中に鳴った。

「大丈夫？」

「うん……」

「少し、思い出した？」

「なんとなく」

「レイジちゃんが大好きだった人よ」

浅黒くテカった肌。黄色い歯。汗の臭い。軍手。マジック。得意げな笑顔。

「嘘つきで人を喜ばせるのが好きだったあの人に影響を受けて、あなたもフィクションで人を喜ばせる道に進んだのかもね」

自分が舞台に心惹《ひ》かれたきっかけは、ロンドンで観劇した日本人による公演だった。日本の人気公演が海外でも公演されることは別段珍しくなく、ロンドンにも頻繁に訪れていた。学生時代、たまたま日本人の公演を観たレイジは感動し、自分もいつか戯曲を作り、演出したいと憧《あこが》れるようになった。それがレイジの初期衝動だと思っていた。その深層心理に誰かの影響があったなんて考えもしなかった。

「どんな舞台をやってるの？」

「どんなって……葛藤《かっとう》する人間の実存回復的なあれこれとか……」

「なんだか難しいわね。次の公演はいつ？」

「いつだろう」

「決まってないの？」

「二ヶ月後なんだけど、こんな状態で。しかも内容なんにも決まってなくて。最近、ちょっとした評価ばっかり先立っちゃって、中途半端な期待のせいでなんかやりにくい」

つい愚痴を零してしまったレイジはローズに心配をさせまいと「でももし開演できたら、観にきてよ」と快活な声でそう言った。しかしいつの間にか自分がため口になっていることに気づき、誘った後に気まずくなった。

「そうやって昔みたいに話してちょうだい。ローズでいいから」

「うん」

ビルの赤い航空障害灯があちこちで点滅し、それに合わせるようにまたサイレンが鳴る。

「色々と話したいことあるんだけど、今日はやめておくわね。順番に思い出していかないと」

「そうだね。俺もなんだか、頭がこんがらがってる」

昨日今日と、強引に記憶をひっぱりだしたせいで酷《ひど》く疲れた。

「あ、次の舞台の話。アタシが生きていたらね」

ホスピスにいるということは、余命はほぼないに等しい。それなのにユーモアを交えて明るく振る舞うローズは、人として円熟している。

「でもそれを観るまで死ねないわね」

「がんばるよ」

「そろそろ戻るわね」

慣れないベッドに横たわる。

電気を消すと、望美と子供のことばかり考えてしまい、不安になっていく。何か違うことを考えなければと次作の構想に思いを凝らしてみるけれど、何も思い浮かばなかった。

そんなことをしているうちに目はどんどん冴《さ》えてしまって眠れなくなった。思い立ってラップトップの画面を開く。煌々《こうこう》とした明かりが、暗闇のレイジを浮かび上がらせた。

蘇《よみがえ》った二十年前の記憶を書き起こしてみようと思う。ローズは彼の影響を受けてレイジが演出家になったのかもしれないと言った。その過去を紐《ひも》解《と》けば、きっと何か発見がある。もしかするとその中に舞台脚本につながるヒントもあるかもしれない。

なにより、何かしていないとおかしくなりそうだ。

氷解した過去の追憶に耽《ふけ》る。そして、失っていた時間を小説のような形式で整理しながら、キーボードを叩《たた》いていった。

3　透明の耳栓　透明のアイマスク

「なぁ、あのＣＭのダンスやってくれよぉ。なぁ？」

「頼むよー、俺もあのダンス覚えたいんだよー」

二学年上の上級生達は、嫌みったらしくにやにやとそう言った。

「いいだろぉ、レイジくーん」

宮下公園でトイレしようとしただけなのに。どうしてこうなっちゃうんだろう。

「Ｔｈｒｅｅ Ｔｗｏ Ｏｎｅ Ｇｏ！」

レイジはランドセルを抱えたまま、ただただ二人の顔を見た。一人は外国の血が混じったハーフだった。顔もさることながら英語の発音も日本人離れしていた。もう一人はだるまみたいな顔だった。

「もぉ、つまんねぇな。じゃあこいつ歌うからさぁ、それに合わせてｄａｎｃｅしろよ」

「は⁉　俺歌うのかよ」

「いいからやれって」

だるまは気の進まない様子で、それでもレイジの出演するＣＭソングを歌い始めた。

「オ〜レオ〜レ　オレだぁってえ　モ〜モ〜　オトナさぁあっ」

不安定な歌声が宮下公園に響いた。

「お前オンチだなぁ」

「うるせー！　だからイヤだったんだよ」

明らかに苛立《いらだ》った彼はレイジを鋭く睨《にら》みつけ、怒りの矛先を向けた。

「俺がせっかく歌ってやったのに、お前なんでおどらないんだよっ！」

誰かが怒り始めると、レイジの耳は奥の方で蓋《ふた》のようなものがパタンと閉まって音が聞こえにくくなる。眼もフィルターで覆ったみたいになって映像は脳に届かなくなった。レイジはそれを透明の耳栓、透明のアイマスクと呼んでいた。ちょっとへそのあたりに力を入れるとそうすることが出来た。

「聞いてんのかよ、おい！」

いきなり強いパンチがレイジのランドセルに飛んできた。同学年の子よりも小柄なレイジは思った以上に後ろに吹っ飛び、ベンチの角に背中をぶつけてしまった。そのせいでまともな呼吸が出来なくなり、レイジは地面に倒れこんだ。遠くでホームレスが鳩にエサを撒《ま》いているのが見える。

「何寝てんだよ、起きろよ、な！」

ヒートアップしていく上級生はレイジのランドセルを何度も何度も蹴《け》りつけた。その衝撃は腹部に強烈に伝わり、徐々に透明の耳栓も透明のアイマスクも外れていった。胃液と唾液《だえき》が混じった分泌物が口から垂れる。

「きたねーんだよ！」

ハーフが「やめとけって、人来たらどうすんだよぉ」と押さえようとはするものの、それすら振り払ってレイジを蹴り続けた。

いよいよ動けなくなるとレイジの抱えていたランドセルを荒々しく奪い、中から財布を抜きとって吐き捨てるように「お前誰かにこのこと言ったらただじゃおかないからな」とだるまは言い放った。

小学六年生なのに大人びたセリフを言うなぁ。

投げ捨てられたランドセルからは小学四年生と中学三年生向けの教科書、そして色紙がはみ出ていた。なんで色紙なんかはいってるんだっけ、と考えたがすぐに「世々子からサインもらってきて」とクラスメイトに頼まれたものだと思い出した。

仰向《あおむ》けになると、木々の隙間から漏れた日差しがレイジの顔に降り注いだ。時折吹く湿った風が細かな砂を連れて頬をくすぐった。ぼんやりと、何も思わずにそのまま寝転がっていた。

しばらくして木漏れ日がちょうど赤らみ始めた頃、レイジの耳元に何かが飛んできた。見るとそれは先ほどの上級生が奪っていったレイジの財布だった。身体を起こして財布が飛んできた方を見ると、一人の男が軍手をした手で煙草のフィルムを剝《は》がしながら立っていた。汚れた風貌《ふうぼう》と無駄に伸びた髭《ひげ》。目が合うと彼はレイジに背を向けて、ジャッ、ジャッと足を引きずる歩き方で戻っていった。

ふと追いかけなきゃと思った。レイジが財布をポケットに入れ、ランドセルから散らばった荷物をどうしようか迷って、とりあえず置いたまま男の方へと走ろうと決めた瞬間「ねぇねぇレイジくんだよね！」と後ろから声をかけられた。女子高生三人組が嬉《うれ》しそうな顔でレイジを見つめている。

「やっぱり本物だ‼」「テレビより可愛い！」「ねぇ写真撮ってもらってもいいかな？」

煙草を吸いながら遠く離れていく男の背中を目では追いながらも、この三人組をどうしても断ることができなくて「いいよ」とつい言ってしまった。一人ずつツーショットで撮ったせいで時間は思ったよりかかった。

「ありがと！」「ドラマみてるよ！　がんばってね」「バイバーイ！」

三人組がいなくなった時にはすでにホームレスの姿はなかった。諦《あきら》めてランドセルに荷物を詰め、レイジは宮下公園を後にして帰路についた。服についた汚れを払いながら階段を下りると、途中で帽子とマスクをしていないことに気づいた。人ごみに出る時は必ず顔を隠せというのは母親に決められたルールだった。レイジ自身も立て続けにさっきのような状況になるのはしんどかった。

慌ててランドセルからマスクと迷彩柄のキャップを取り出し、被《かぶ》った。キャップの鍔《つば》を何度も深く下げながら、渋谷駅の山手線《やまのて》改札口に辿《たど》り着くと、普段通り財布から定期券を取り出した。

その時になってようやく気づいた。一万円近く入っていたお札が一枚もなかった。それを盗《と》ったのが殴ってきた上級生二人でなくあのホームレスだと思ったのは、男が煙草のフィルムを剝がしていた光景がすぐに浮かんだからだ。あれは新品の煙草だった。

あのホームレスはいったい何がしたかったんだろう。わけ分かんない。

マスクの中でレイジは思わず吹き出した。演技以外で笑ったのは久しぶりだった。

これがあの人との最初の出会いだった。

*

「なんや、あんたらぁ。おったんかいな」

周りには空いた酒の瓶がごろごろと転がっていた。姉は繋《つな》いでいた手を離し、それらを一本一本集めた。

「捨てんでええで〜、うっ。そのままにしとき。まだのこっとぉ酒あるかも分からんしなぁ」

姉は母をぐっと睨みつけた。額には血管が浮き出ていた。こんな表情は初めてだった。

「なんやあんた、母親そんな目でみてええとでもおもってんの」

姉は変わらずにそのまま睨みつけた。

「あたしがこないなっとんのはあんたらのせいやで！　あんたらのせいでお父さんが死んだんや！　あんたらおらんかったら、もっと幸せな人生やったはずなのに！」

母親はよろよろと立ち上がり、姉の顔を両手で包んで言った。

「なぁ、なんで生まれてきたん？」

黙っていた姉の怒りは限界に達し、ついに手を払いのけ母親の頬をひっぱたいた。

「このくそがきぃ。母親にむかってなんてことすんのよぉぉおお」

怒り狂った母は姉をソファーに押し倒し、馬乗りになって「あんたのせいで！　あんたのせいで！」と連呼しながら平手打ちし続けた。

涙が溢《あふ》れて止まらなかった。怖《お》じ気づきながらも「おかあさんやめて」と言っても母は無視したまま姉を殴り続けた。

「ねぇやめて、やめてってば」

母親の身体にしがみついて止めようとしても振り払われて突き飛ばされた。それでも何度も何度も母を止めようとした。

「あんたなんかうまなきゃよかった」

「おかあさん、おかあさん」

「あんたなんか、あんたなんか」

「うわぁぁあああ」

気づいた時には転がっていた酒瓶を振り下ろしていた。母親は姉の上でぐったりと倒れたまま動かなくなり、姉の着ているセーラー服の襟元が血液で赤く染まっていった。

部屋が静まり返っても、叫びは止まらなかった。姉は弟を強く抱きしめて「ごめんね、ごめんね」と繰り返し言い続けた。


「カットォー」

お芝居の時は透明の耳栓も透明のアイマスクも必要なかった。

「カット、カットォー」

カットがかかっても世々子はレイジを抱きしめ続けた。世々子の荒い呼吸が全身に伝わる。

倒れていた女優の神部裕未がゆっくり立ち上がり、世々子のもとへやってきて「ごめんね、痛かったでしょ」と声をかけた。世々子もそっと立ち上がり「大丈夫だよ、お母さんは？　平気？」と涙を拭《ぬぐ》いながら言った。

「平気平気！」

神部裕未は先ほどの剣幕を忘れさせるほど優しい表情で笑った。

「チェックしまーす」

ＡＤが大声で言うと神部裕未と世々子とレイジ、そしてプロデューサーらがテレビモニターの前に集まった。

「あたしがこないなっとんのはあんたらのせいやで！　あんたらのせいでお父さんが死んだんや！　あんたらおらんかったら、もっと幸せな人生やったはずなのに！」

先ほどのシーンが再生される。映像になると神部裕未と世々子のぶつかり合いは迫力を増していた。

「ねぇやめて、やめてってば」

「あんたなんかうまなきゃよかった」

「おかあさん、おかあさん」

「あんたなんか、あんたなんか」

「うわぁぁあああ」


「OKでーす」

スタジオに拍手が鳴った。予定していたわけでもなく、それぞれのキャストとスタッフが素直に賛辞を送った瞬間だった。

「レイジくんは本当に演技が上手ね」

レイジの頭を撫《な》でる神部裕未の手はすごく熱くなっていて、それだけ役に入り込んでいたのが伝わった。一方でレイジ自身の体温はほんのり冷えていて、だからこそ余計に神部裕未の熱を感じていた。

彼女を見上げてレイジは少年らしく微笑んだ。

「はぁ、こんな可愛い息子が実際いたらなぁ」

「ちょっとお母さん!? 私がいるでしょ!?」

世々子がすねた口調で言うと、先ほどの緊迫したシーンの雰囲気がぶわっと緩み、スタジオが笑い声で溢れた。

「はいはい、あんたもかわいいかわいい」

和やかな雰囲気に包まれる中、「ここで昼休憩にはいりまーす。再開時間は追って連絡しまーす」とＡＤの声が響いた。

楽屋のドアを開けると神部裕末ではなく、本物の母親が「おかえり」とレイジに声をかけた。

「すっごくよかったよ、今のシーン」

「見てたの？」

「もちろんよ」

楽屋は和室なので、レイジはスタジオ用のサンダルを脱いで中に入った。机には「夏川小百合《さゆり》様」と書かれた仕事の資料やスケジュール帳などが無造作に置かれていて、紙コップからはコーヒーの湯気がゆらゆらと立ち上っていた。

「もう昼休憩だって？」

「うん」

「あらやだ、再開時間確認してこなきゃ」

立ち上がろうとした母に「まだ決まってないって。決まり次第連絡するって」とレイジは伝えた。

「ごめんね、お母さんの仕事なのに」

「いいよ、それくらい自分でできるから」

「いい子ね」

レイジが座ろうとしたタイミングでコンコンとノックの音がした。小百合がまた立ち上がろうとしたので「僕がいくよ」とドアの方に戻った。

「十三時三十分再開です。あとこれ、弁当です。もてるかな」

ADが二つ重なった弁当と缶のお茶をレイジに差し出したので、レイジはまず弁当を受け取り、その上にお茶を載せてもらった。

「すごいねレイジくん。気をつけてね」

「うん」

それほど難しいことではないけれどADが応援しているような感じで見守っているので、畳で滑りそうになるふりをしてみたり、あえて危なげに歩いた。

机まで辿《たど》り着くと、小百合はお茶と弁当を受け取りながら「よくできました」と言い、ADは後ろで拍手していた。

「お腹空《す》いたね、食べよう食べよう」

弁当は豚の生姜《しょうが》焼きと銀ダラの西京焼きの二種類だった。小百合は「レイジはお肉がいいよね？」と言いながら生姜焼きを正面に置いたので、レイジは頷《うなず》きながらそこに座った。

「豚肉」と表示された包装を剥《は》がすと弁当は二段重ねになっていて、上段には豚とタマネギの生姜焼き、付け合わせの卵焼きや切り干し大根、枝豆、ちくわなど、下段には白米と真っ赤な梅が入っていた。

「いただきます」

卵焼きを一口齧《かじ》ると、卵焼きというよりは伊達《だて》巻《まき》に近い味が口に広がった。隣で小百合も「この卵焼きちょっと甘すぎるわね」と呟《つぶや》いた。

「あ、そうそう」

口の脇についた汚れを拭いながら、小百合はレイジに言った。

「来週またカフェオレのCMの撮影あるから、よろしくね」

「うん」

生姜焼きは冷めて固くなっていて、見た目ほどおいしくはなかった。

「あの『オ〜レオ〜レ』のダンス覚えてる？」

「覚えてるよ」

「またおどってほしいんだって。あれ流れ始めたばっかりなのに、もう大人気なんだってよ」

「そうみたいだね」

宮下公園で絡んできた二人の顔が浮かんだけれど、顔色ひとつ変えずに

「こないだ、学校でね」と言った。

「お母さん今日も仕事で遅くなっちゃうけど、平気？」

「うん、何時くらいになるの？」

「十一時くらいかな」

小百合と一緒に夕飯を食べることは週に三日もなかった。レイジのマネージャー兼事務所の社長として、人付き合いに奔走しなければならないのは仕方がないとレイジも分かっていた。

「でね、未久《みく》も同窓会があるらしくて今日はこられないみたいなの。ご飯だけは作ってくれてるから、適当にチンして食べて」

未久は小百合の妹で、忙しい母に代わってよく食事を作りにきてくれていた。けれど未久自身も主婦なので、支度を済ませるとすぐに帰ってしまい、長い間レイジの家にいることはなかった。それでも母といるより未久と会っている時間の方が長かった。

「いつもごめんね」

「大丈夫だよ、お仕事頑張ってね」

レイジが弁当を半分近く残したまま蓋《ふた》を閉じると、「もう食べないの？」と母が尋

ねた。

「さっきのシーンで疲れちゃったみたい」

あまり多く食べられないのは、お腹が膨れると昨日殴られた部分がきりきりと痛むからだった。

「お母さん、昨日お金なくしちゃったの。ごめんなさい」

「え、どこで」

「分かんない」

「盗まれたの？」

「ううん、多分どっかに落としちゃったんだと思う」

小百合は財布から一万円を取り出し、「気をつけなさいよ」と言ってレイジに渡した。

「お金を稼ぐってのは大変なんだからね」

それ以上小百合はなにも言わなかった。小百合がレイジを怒鳴りつけたり、叱りつけることは今まで一度もなかった。

「ちょっとお姉ちゃんのところいってくるね」

レイジはランドセルの隣にある薄いトートバッグを持って立ち上がった。撮影現場に行く時は台本や資料の入った専用のトートバッグを持ち歩いていた。

「どうしてカバンを持っていくの?」

「台本にお絵描きして遊ぶの。さっき約束したの」

「世々子さん、まだ食事中じゃないのかしら」

「だったら戻ってくる」

「あんまり迷惑かけちゃダメよ」


世々子の楽屋はレイジの楽屋の二つ隣だった。世々子のマネージャーがまるで門番のように楽屋の前に立っていて、目が合うと「どうしたのレイジくん」と話しかけられた。

「ちょっとお姉ちゃんとセリフの練習しようと思って。まだご飯食べてる?」

「確認するね」

マネージャーがノックすると中から「はーい」と透き通った声がした。ガチャッと開けると世々子はすでにご飯を食べ終わっていて、机に向かってなにやら勉強しているようだった。

「どうしたの?」

顔を上げた世々子は眼鏡をしていて、血のついたセーラー服姿で熱心にものを書く姿はホラー映画のワンシーンのようだった。

「レイジくんが用があるんだって」

「なに？」

「セリフ、練習しようと思って」

次のシーンは確かにレイジと世々子二人のシーンだった。とはいえほとんどのセリフは世々子でレイジは二、三回相づちを打つだけでよかった。

「私に付き合ってくれるの？　ありがとう」

マネージャーがドアを閉めたのを確認したレイジは世々子に近づいて小声で言った。

「本当はお願いがあるの」

世々子は不思議そうな顔をしていたけれど、小百合の目を盗んでランドセルからトートバッグに移し替えておいた色紙を取り出すと、レイジが何をしたいか察知したようだった。

「サイン？」「うん」

「誰に？」「学校の友達だよ」

「女の子？」「男の子」

「ふ〜ん」

真偽のほどを確かめようと探るような目つきをするも、レイジは少しも動じなかった。

「いいよ、ちょっと待ってね」

そう言うと世々子は机の上に並べられていた教科書やノートを整理し始めた。

「大学の勉強？」

「そう。あんまり行けてないからこういう時に勉強しないと」

役では十七歳を演じる世々子だが、実際は今年でちょうど二十歳だった。国立大学の芸術学部演劇学科に通っていて、前に「お芝居なんかやらなきゃ上手《うま》くならないのに、大学は勉強ばっかり。英語はまだ分かるけど演劇の歴史とか、興味ないっての」と愚痴をこぼしていたこともあった。

一通り机の整理が終わったところでレイジが色紙と黒の油性ペンを渡すと、世々子は太い方のキャップを外して慣れた手つきで書き始めた。

「なんか汚れてるけど平気？　砂かな」

「気にしないで」

ペンは色紙の上を迷いなく滑っていく。サインは漢字ではなく「Ｙｏｙｏｋｏ」とローマ字の筆記体表記で、最後の「ｏ」を書き終えるとそこからグワッとまたＹの下までペンを走らせた。そしてくるるんとハートマークを結ぶと「宛名はどーする？」と世々子は言った。

「つばさ」

「つばさちゃん？」

世々子はしてやったりという風な笑みを浮かべた。

「つばさくんへ、でおねがいします」

「ふーん」

宛名と日付の入ったサイン色紙を受け取ると、「じゃあ、これが『セリフ合わせに付き合う代』ってことね」と世々子は言った。

「いいよ」

横に座ると「よろしくね」と世々子はレイジの肩に腕を回した。その腕の重みに、レイジはつい「うっ」と声を漏らしてしまった。

「そんな痛がらなくてもいいじゃない」

レイジがふざけてそうしていると思った世々子は、次にレイジの脇腹をくすぐった。しかし先ほどにも増してレイジが「いたっ」と声を上げるので、世々子の顔色はみるみる青ざめていった。

「もしかしてさっきのシーンでケガでもしたの？」

「ううん、大丈夫だよ」

いまさらになってエヘへと戯《おど》けてみたけれど、世々子の表情は心配げなまま固まっていた。

した。

「ちょっと見せてごらん」

世々子は強引にTシャツを捲《めく》ろうとしたが、レイジは裾《すそ》を押さえ込んで必死に抵抗した。

「大丈夫だってば」

いくら女性とはいえ十も歳上の大人に腕力で勝てるわけもなく、レイジの白い背中が世々子の前に露《あらわ》になった。

「どうしたの？　これ」

少し戸惑いながらも、「きっと、さっきのシーンでぶつけちゃったんだよ」と笑ってレイジは言った。ただそんな風にしても、効果はもう少しもなかった。

「今日の傷じゃないよ」

変に誤解を生んでしまうリスクを考えると、レイジは黙るしかなかった。

「イジメにでもあってるの？」

「そうじゃないよ」

「まさかお母さんじゃないよね？」

「そんなわけないよ」

「じゃあ誰が」

「ほっといて」

立ち上がると机の縁《へり》に足をぶつけ、積み重なっていた教科書がバサバサと畳の上に落ちた。「どうかした？」と世々子のマネージャーが部屋を覗《のぞ》いてきたので「練習してるだけだよ」と世々子が言うと、ドアは再び閉められた。

「ごめんね、ごめんね」

世々子はレイジを強く抱きしめて何度かそう言った。奇《く》しくもこの体勢はさっきの撮影シーンと全く同じで、部屋の鏡に映る二人の姿はまさしくドラマのようだった。けれど今のレイジは涙を流すこともなく、無表情で抱かれていた。

レイジにとっての感情というのは、プログラミングされたシステムのようなものだった。こういう時に人は悲しくて泣く。こういう時に人は笑う。そういう具合に、出来事や場面から感情を作り出していた。自発的に感情が溢《あふ》れるということは決してなかった。

この時のレイジは、そのシステムすら作動させなかった。撮影でもないのに感情を動かすのは面倒だった。

世々子は屈《かが》んでレイジと同じ目線になった。それから「なんかあったら、お姉ちゃんに言ってね」と囁《ささや》くようにそう言った。

自分で「お姉ちゃん」と世々子が名乗ったので、レイジはふと本当に自分と血が繋《つな》がっているように錯覚した。

しかしすぐに思う。血ってなんだ。繋がりってなんだ。本当に血が繋がっている母と、お芝居で母を演じた神部裕未と、何が違うんだ。世々子ともし本当に血が繋がっていたとして、今と何か変わるんだろうか。

そんなことを考えている間も、世々子は心配そうな瞳《ひとみ》でじっとレイジを見つめていた。何か言わなければこのシーンは終わらないみたいだ。

「ありがとう、お姉ちゃん」

レイジは仕方なくシステムを発動させた。

*

「ありがとうございます」

レイジは照れながらそう言った。

世々子がお見舞いに来るなんて夢にも思っていなかった。ただ想像していた通り、ないに越した「こと」のおかげで世々子に会えたので、事故に遭うのも悪くないなと邪念が一瞬頭をもたげる。なにより、もう少しぴしっとした服を着ておくべきだったと後悔した。

「お忙しいなか、わざわざご足労いただきすいません」

「ううん、むしろ勝手に来てごめんね。入院したって聞いてびっくりして。でもよかったね、そんなに重傷じゃなくて」

世々子はベッドの横に椅子を置いてそこに腰掛けた。白いブラウスに襟のドレープが特徴的な薄手の茶色いジャケットを羽織っていて、長い髪は毛先にほんのりカールがかかっている。先日の和服姿とはまたひと味違って、色っぽい可憐《かれん》さが際立っていた。

「水素水持ってきたから飲んでみて。最近はまってて舞台中もよく飲んでるの」

テーブルの上にはそれらしき紙袋があった。

「何がいいんですか？」

世々子は悪戯《いたずら》な笑みを浮かべ、「よく分かんない」と舌を出した。

「でも元気になった気はするかな。まぁ試しにね」

「来ていただけるだけで十分なのに、本当、ありがとうございます」

「いいのいいの。気にしないで」

世々子がカバンを持って立ち上がった。

「ちょっとお手洗い行ってくるね」

「場所分かります？」

「うん、母がここに入院してたから、大丈夫」

世々子の母の神部裕未は咽頭癌《いんとう》で入退院を繰り返し、昨年肺炎を併発して死去していた。

世々子を待つ間、手を伸ばして早速水素水を飲んでみた。言う通り、何に効くのかよく分からないけれど「細胞に活力を！」と容器に記載されているので、細胞レベルの話は味なんかじゃ分からないだろうし、まぁこういうものかと一人で納得した。

世々子が戻ってきたので「お時間は大丈夫ですか？」とレイジは尋ねた。

「もう少ししたらマネージャー来るから、そしたら行くわ。ねぇ、窓開けたらいや？」

「いいですよ」

世々子は窓を開けると羽織っていたジャケットを脱いだ。ブラウスの背中がざっくりと開いていて思わずドキッとする。なめらかな素肌に目を奪われていると「ここに来ると母のことを思い出すわ」と世々子が呟《つぶや》いた。

「二十年前のこと、だんだん思い出してきたんですけど、素敵な方でしたよね」

「そう？　お芝居バカだったけどね。まぁ、私も人のこと言えないか。レイジくんのお母様も素敵だったじゃない」

「そうですか？　あの頃はばりばりステージママって感じでしたよ。家にもほとんどいませんでしたし」

「私も同じよ。父とは離婚していたし母は毎日仕事で、ご飯なんかはお手伝いさんが作ってたもの。すごく寂しかったわ。だから自分が女優になる前は『なんでお母さんは女優なの』とかすごく思ってて、頑《かたくな》に母の作品は見なかったし、『自分は絶対女優になんかならない！』って決めてた。なのにね」

鳥の群れが空を駆けていく。

「なのにどうして女優になったんですか」

「女優になれば母とずっと一緒にいられたからね」

世々子の瞳がオレンジの光をきらきらと反射させる。

「今は感謝してるのよ。母といない時間に感じたことが、私の女優人生にも生きてると今なら思えるから。母自身も若くして両親を亡くしてるから、うちの血はそういうものなのかもね」

「追悼番組で見ました。かなり壮絶な人生でしたよね」

「そうよ、人生も遺伝するのかもね」

風に吹かれる世々子はまるで映画のワンシーンのようだった。彼女が話す度に一挙手一投足を分析してしまうのは、演出家としての性《さが》だろうか。しとやかでチャーミングな動きを見ていると、ドラマや舞台に引っ張りだこな理由がよく分かる。

「奥さんは大丈夫なの？」

「まだなんとも」

「そう」

世々子は腕時計を一瞥《いちべつ》して窓を閉めた。

「そろそろ行こうかしら」

「本当にありがとうございました」

「お礼は何度も言うものじゃないわよ」

ジャケットの袖《そで》に手を通しながら「奥さん、きっと平気よ。人がいなくなる時ってもっと急だから。こんな風にもったいぶったりしないわ」とレイジを励ました。

「これ私の番号だから。『何かあったら』連絡してね」

メモを受け取ると、世々子は振り返ることなく部屋を出ていった。紙に書かれた世々子の文字は達筆というよりも愛嬌《あいきょう》のある可愛らしい字で意外だった。

レイジはその字を眺めながらまたしても、何かあったらってあとは何があるんだろうと考えてしまった。

4

レイジ・アゲインスト・ザ・マシーン

世々子の予言は当たった。

望美が目を覚ましたのは、レイジが退院する日の朝だった。執筆に追われ睡眠時間が不規則になっていたので、いつもなら看護師に起こされても昼過ぎまで寝ているレイジも、この日は早朝から起きていた。窓の隙間から澄んだ空気が入り込み、その度にレイジの肌を冷ましてはどこかへ流れていった。

ほどなくして看護師が静かに部屋のドアを開けた。レイジが起きていることを確認すると、つかつかとやってきて「奥さんの意識が回復しました」と告げた。

歓喜よりも安堵《あんど》が先だった。壁にもたれかかり、斜め上をぼんやり見ながらゆっくりと呼吸を繰り返した。

支度を調えてICUまで向かう。車椅子はもう必要なかったのでレイジは思うがままに歩調を速めた。心は軽く、まるで身体が風船のようになった気分だった。しかし後遺症などまだまだ予断を許さない状況もありえると気づくと、心拍数は一気に上昇した。

目が合った望美は殊のほか女性的だった。いつもの男勝りな雰囲気は微塵《みじん》もなく、まるで脱皮したての蟬を思わせる、そんな幼気《いたいけ》な弱々しさだけが際立っていた。

かける言葉を準備し忘れていて、レイジはなんと言えばいいか戸惑った。思わず口を衝《つ》いてでた言葉は「おはよう」の一言だった。

「おはよう」

望美は少し照れながら、いつものように同じ言葉を返した。視線を落とすと膨らんだお腹はそこにちゃんとあって、とにかく最悪の事態を免れただけでも二人にとって救いだった。

「ごめんね」

僕が目を覚ましたときと同じように、声は乾燥してざらついていた。一方で瞳《ひとみ》には涙の膜がふるふると不安定に揺れていた。

「謝ることなんかないよ。もう大丈夫だから」

表面張力でどうにか踏ん張っていた涙はついに諦《あきら》めたように、望美の頬を撫《な》でていった。それから堰《せき》を切ったように次々と溢《あふ》れていくのを見て、レイジは思わず望美を抱きしめた。当然まだ安静にしていなければならないと分かっていながらも、望美を抑制することはできなかった。今は高ぶる感情に身を委《ゆだ》ねて、気が済むまで泣かせてやりたかった。

胸の辺りに湿った熱がじんわりと滲《にじ》んだ。

医師の国澤は、先述した通り脳や心肺に異状はないので二、三日様子を見て周産期母子医療センターに移りましょうと言った。周産期母子医療センターとは何かとレイジが尋ねると、出産前後の母体、胎児や新生児を対象にした専門の病棟だと国澤は説明した。

「俺は今日退院だからいったん帰るけど、必要なもの、持ってくるよ。もちろん毎日来るから」

「舞台の方は、平気なの？」

望美はまだ頭がぼんやりしているのか普段より喋《しゃべ》るのがゆっくりだった。丸四日間意識を失っていたのだから、無理もなかった。

「望美の病室で作業するよ。その方が寂《さみ》しくないでしょ」

「うん」


玄関の電気を点《つ》けるとどっと疲労が押し寄せた。それは実際に疲れていたというよりも、ようやく帰宅できたというある種の達成感に近かった。

リビングのドアを開けるとテーブルには花の生けられていない花瓶がいくつか並ん

でいた。望美が授賞式で花を貰《もら》うと想定して用意していたのだろう。空の花瓶は虚《むな》しい気分をそそるので、ソファーに飛び込みたい思いを我慢してレイジはそれらを片付けた。何か飲もうと冷蔵庫を開けると様々な総菜が詰められたプラスチック容器が几《き》帳面《ちょうめん》に配列されていた。そのうちの一つを取って開けて見ると、酢の香りが鼻を刺激した。小鰺《こあじ》の南蛮漬けだった。まだ食卓に出されていなかったので、授賞式の朝にでも作っておいたらしい。五日も経っているので平気かどうか確かめようと匂いを嗅《か》いだが、別段問題はなさそうだった。一つつまんで頰張ると、鰺と油の旨《うま》みが口いっぱいに広がり、軟らかくなった骨の食感は心地よかった。鷹《たか》の爪による辛みも効いていて、なによりまろやかな酸味がより食欲をかき立てる。ほんのりと感じられる果実みはバルサミコ酢を使っているからだろう。

手を拭《ふ》くためにティッシュの置かれたラックに向かうと、水槽の中で金魚が死んでいることにようやく気がついた。

二週間前に地元の公園で催されたお祭りは、昨年よりも景気がよく多くの人で賑《にぎ》わった。レイジも望美も人ごみが苦手ではあるものの、ウィッカー賞の受賞決定で気分がよかったのか、ふらりと参加してみることにした。公園の真ん中には派手さに欠ける櫓《やぐら》が組まれ、辺りでは地元民が熱心に盆踊りを踊っている。それらをぐるりと取り囲むように「いかやき」「りんごあめ」「射的」「かき氷」など、様々な屋台が出されていたが、望美は意外にも金魚すくいをやりたがった。

「もしすくえちゃったら、どうすんの？」

「飼うよ」

「ほんとに？」

「いいのいいの、久しぶりにやってみよ」

妊娠する前の望美ならこんなことは言わなかったと思う。ただでさえ家事と仕事に追われているのに、生き物を飼うなんて面倒が増えるだけだった。それでも金魚に惹《ひ》かれたのは、小さくても命ある朱色の魚にこれから生まれてくる我が子の姿を重ねていたからのように思う。安直な想像かもしれないけれど、少なくともレイジにはそう見えた。

レイジと望美は一人三百円ずつ払ってポイを受け取り、それぞれ水に浸した。あーとかぎゃーとか言いながら二人で躍起になって金魚を追っていると、レイジのポイはあっという間に破れた。濡《ぬ》れた紙が水草のようにひらひらと水の中でなびく。望美もそれほど上手《うま》くなかったが、群れる金魚の中でも特に小さい一匹を狙ってどうにかすくいあげた。

「お兄さん達、これサービスするよ」

子供達に紛れて必死に金魚すくいに興じた二人が面白かったのか、店のお兄さんは笑いながら軽々と一匹すくいあげ、合計で二匹の金魚をビニール袋に入れて渡してくれた。

水槽を買って金魚を放すと広々とした水中を縦横無尽に泳ぎ回り、望美はそれをご機嫌な顔つきでいつまでも眺めていて、心から気に入っているようだった。以来、ちゃんと日に二度餌をあげたり、水を替えたり、ことあるごとに「キンキン」などと呼んで話しかけたりして、忠実《まめ》に世話をしていた。

レイジはその望美の姿に、金魚を通してこれから生まれてくる子供の予行練習をしているのだと、そう感じずにはいられなかった。

その金魚達が死んだ。魂がすぽっと抜けていったという感じで二匹とも腹を上に向けて浮かんでいた。エアーポンプの循環によって水面は波立ち、金魚はぐらんぐらんと揺らされている。

こいつらが代わりに死んでくれたんだ、とレイジは思った。スピリチュアルな事象に何もかもを結びつけるのは無粋だと思うけれど、この時だけはそう信じたかった。

無惨な死骸《しがい》を放っておくわけにもいかず、レイジはその二匹をすくい上げてアルミホイルで包み、ジッパー付きのビニール袋に入れた。望美に無許可で埋めたり供養したりするのも気が引けたので、そうするのもどうかと思ったが、しかたなしに冷凍庫の空いたスペースにしまった。

少しだけのつもりでソファーに横になると、みるみるうちに深い眠りに落ちてしまった。目が覚めると午前一時で、十二時間近く眠ってしまっていた。望美の面会に行くのは明日の朝一になっちゃったな、と思いつつシャワーを浴びるために風呂場《ふろば》に向かった。頭の傷口が開く危険があったので退院するまで髪の毛を洗うのを止められていたから、やっとすっきりできるとレイジは喜んでいた。鏡の前で、顔を歪《ゆが》めながら覆っていたガーゼを外すと、痛々しい傷が露《あらわ》になった。その生々しさ以上に驚いたのは、縫い傷の周りが短く刈られていたことだった。それまで看護師がやってくれていたので、傷を見るタイミングがなく、気づかなかった。鏡に映る、頭の左半分が刈られたその姿はあまりにもパンキッシュかつアバンギャルドで、一体これはどうしたもんかとレイジは思い惑った。レイジの髪が肩まで伸びていたのは別にファッションではなく、ただ切るのが面倒なだけで髪型に特にこだわりはなかったが、今の姿はどうも自分らしくないというか、気持ち悪かった。とはいえ床屋にいくのも手間に感じたので、いっそのこと坊主にしようと思い切った。長い毛をハサミでざくざく切り、昔使っていたバリカンを取り出して五ミリに刈る。仕上がると、思いのほか少年っぽくなってしまって気恥ずかしかった。毛の短い頭を触ってみると、ちくちくと刺すような感触があった。

寝室のクローゼットから望美の服を選ぶ。最近部屋でよく着ていたものや下着をいくつか適当に紙袋に詰めていった。するとクローゼットの奥に段ボールを一つ発見した。引っ張りだしてガムテープを剝《は》がすと、中には望美の私物が入っていた。同棲《どうせい》する時、望美が洋服以外に持ってきたのはこの段ボール一つだけだった。舞台女優として活動していた時の台本や写真、よく分からないガラクタや手紙に交じって、小学校の卒業アルバムがあった。望美はぶすっとしたつまらなそうな表情で、今とはまるで別人のようだった。同じクラスだったはずのレイジは小学四年で転校してしまったので、載っていなかった。運動会や学芸会の写真にも、ドラマの撮影で参加できなくて、写っていない。だからこそ余計に自分が存在していた実感が湧かない。

思い立ってリビングに戻り、子役として出た「スチールダンス」のＤＶＤを再生した。

「あんたなんかうまなきゃよかった」

「おかあさん、おかあさん」

「あんたなんか、あんたなんか」

「うわぁぁああああ」

我ながらいい芝居だと思った。子供なりのペーソスをレイジは持っていた。何を考えているか分からない役柄ともマッチしている。

それはずばり、何も考えていない芝居だった。言われた通りのセリフを言われた通りにやっているだけ。それなのに、役柄そのものに染まっている。

大人になるとこう上手くはいかない。一つの役柄にあれこれ試行錯誤し、セリフにも意味や感情の流れを求め、それらを自分と擦り合わせながら演じる。だから大人には役になることは出来ない。成りきることしか出来ないのだ。

しかしこの時のレイジはまるで架空の物語から飛び出てきたように、役そのものだった。

なぜそんなことがあの頃できたのか。それは、そもそも自分というものがなかったからだろう。擦り合わせる作業など必要ない。ハードウェアの自分に「役」というソフトをインストールして取り込めば済んでしまうのだ。

あの頃の僕は機械同然だった。

＊

撮影は予定より一時間早く終わったので、母が帰ってくる十一時まであと六時間あった。そこから電車に乗って目的地に着くのが最短でだいたい五時間か。計算しながら慌ててスタジオを出た。

初めは空《す》いていた電車内も渋谷に着く頃には満員で、降りるにも一苦労だった。人ごみを掻《か》き分けていくものの、帽子で顔を隠し俯《うつむ》きながら歩いているので、時々人の手やバッグなどが頭にぶつかった。地下鉄の長い階段をぴょんぴょん飛び跳ねるようにしてようやく地上にでると、この場所独特の埃《ほこり》っぽい臭いを感じた。

あのホームレスのことがどうしても忘れられなかった。財布を取り返してくれたお礼が言いたいとか、お金を盗《と》ったことを非難したいとか、そういうこともあったのかもしれないけれど、なによりどうにもこうにも気になってしかたなかったのだ。あの男の背中が忘れられなかった。とにかくもう一度会わないと気が済まなかった。

とはいえ、あそこにいる確信はなかった。それでも宮下公園で見かけたホームレスなのだから、公園脇の駐輪場沿いに連なる真っ青な掘っ建て小屋のどれかに住んでいるだろうと想定した。

いざ行ってみると二十軒以上ある掘っ建て小屋のどれかにいるとしても、ひとつひとつ訪ねる勇気はさすがになかった。どうしていいか分からずとりあえず駐輪スペースの奥の塀に腰かけて、ここに帰ってくるホームレス達を待つことにした。

駐輪場には帰宅するのか停めていたバイクにエンジンをかける人、反対に渋谷に用があるのかバイクを停める人、駅に向かうためにただ通り抜ける人など多くの人がいたが、皆流動的でレイジの他に留《とど》まっている人は一人もいなかった。

何度かジャッ、ジャッとあの足音がするのでパッと目をやったけれど、どれも違うホームレスだった。彼ら特有の歩き方らしかった。

気づけば辺りはもう真っ暗だった。やがて人通りも少なくなり、やけに高い街灯だけが煌々《こうこう》と青白い光を放っていて、羽虫の群れがバチバチとそこにぶつかった。その虫の無軌道な動きを何気なく眺めているうちに、なんだか心地よくなったレイジはうっかり寝てしまった。

どれほど時間が経ったのか、頬にざらりとした感触があってようやく目が覚めた。瞼《まぶた》を上げても視界はまだぼやけていて、その感触の正体が何なのかすぐには分からなかった。けれど人の気配だけは感じた。

「こんなとこで寝てたらさらっちまうぞ」

地響きのように低く乾いた声と同時に酷《ひど》い悪臭がレイジに浴びせられた。薄明かりに照らされてぼんやり浮かび上がった顔は、この間のホームレスと同じ顔をしていた。目を丸くしているとホームレスはレイジの顎《あご》を摑《つか》み、「また財布盗られてももう返してやらないからな」と言い放ち、帰っていこうとした。

「待って」

ジャッと足を止める音が駐輪場に響いた。

「どうやって財布取り返したの？」

男はにんまりと口角を上げてレイジに顔を近づけた。

「ぼこぼこにしてやった」

怖がらせようとして大袈裟《おおげさ》に間を溜《た》めて言ったみたいだけれど、レイジはちっとも怖くなかった。

「学校でぴんぴんしてたよ」

ニヤニヤしていた表情から一変、興ざめといった感じでホームレスは地面に唾《つば》を吐いた。

「可愛くねぇなぁ」

可愛いとばっかり言われてきたレイジは、可愛くないと言われたのが妙に嬉《うれ》しかった。

「なんで笑ってんだお前。変わってんなぁ」

無造作に伸びた白髪の頭を掻きながら、男は「お前はここでなにしてんだ」とレイジに聞いた。

「おじさんを捜してたの」

「金、取り返しにきたのか」

「ううん、あのお金はあげる」

けた。

「返したくてももう使っちまったよ」

そう言うとポケットから残り僅《わず》かのくしゃくしゃになった煙草をとりだして火を点《つ》

「おじさん名前なんていうの？」

「ふらんそわ」

「さっきから嘘ばっかりじゃん。どうみてもおじさん日本人だよ」

「外国生まれの日本人なのさ」

今度は遠くからジャッ、ジャッ、ジャッという足音とカタカタカタという音が聞こえた。目をやると、空き缶でいっぱいのビニール袋を担ぎながら自転車を押している別のホームレスだった。レイジと男がそのホームレスと目が合うと「おう、とくさん、どしたのそんな若い子連れて」と声をかけてきて、男は「俺の孫だ」と返事をした。

「またまた～、とくさん子供いないじゃないの」

「ばかやろ、いっぱいいるっつーんだよ」

いつもこんな調子なのか二人はテンポよく会話を繰り広げ、ガハハと歪《ゆが》んだ声で笑い合った。

「じゃあまたね、とくさん」

「あぁまたな、だいきちさん」

ホームレスが自宅に帰っていくと、「やっぱりふらんそわじゃない」とレイジは呟《つぶや》いた。

「ちょっと前に改名したのさ」と、とくさんという男はまた適当な話し口でそう言った。

「お前も帰れ」

「家ってどれ?」

とくさんの言葉を遮るようにレイジは言った。そもそもホームレスの家を〝家〟と呼ぶのか分からないけれど、とりあえずそう聞いてみた。

「来るか?」

レイジの返事を待たずにとくさんはまたジャッ、ジャッと歩き始めた。軍手をした手で煙草を吸いながら、片方の手をポケットにつっこむその姿勢はまさしくあの時と同じだった。煙草の煙が澪《みお》を引くように後ろに伸びている。

とくさんの家は長屋のように連なったブルーシートのどれかではなく、宮下公園の花壇の奥に一つだけぽつんと置かれたものだった。そう言うと駐輪場にあったホームレスのよりも地味で粗末なものを想像するかもしれないけれど、少なくとも外観はそれらのものよりも上等だった。まず大きかったし、屋根は雨を凌《しの》ぐために切り妻になっていて、辺りに生い茂る木々を利用しながらテントのように家を建てていた。とてもベニヤと段ボールとブルーシートだけで造ったようには思えなかった。もしかするとそれ以外にも秘密の材料があるのかもしれない。家を回り込むと庭のようになっていて、簡易的なテーブルと椅子が四脚並べられている。ちょっとした観葉植物も並べられていてオープンテラスと言っても過言ではないほどのクオリティーに仕上がっていた。家の入り口を眺めると「徳さん」と汚い字で雑に書かれた表札があって、この時になって初めて名前が「徳」という漢字だと知った。

「ホームレスなのになんかリッチだね。表札まであるよ」

「だろ。『トクハウス』っていうんだ」

「ホームレスなのに家があるって変だよ」

「でも立派な家だろ？」

レイジと徳さんはオープンテラスの椅子に腰掛けた。テーブルの中央にはロウソクが三本ほど並べられているが、直《じか》に置かれているので溶け出した蠟《ろう》はそのままテーブルに流れ出ていた。そのせいでロウソクはテーブルから生えたようにも見える。

「火、点けてくれ」

徳さんは使い捨てライターをレイジの方に投げた。ライターを使うのはこの時が人生で初めてで、着火に慣れない上にガスもほとんどなかったので、レイジは何度も何度も親指を動かす羽目になった。そうしているうちにレイジはこの動作が癖になり、ロウソクに火を灯《とも》した後も親指でひたすらライターを擦《こす》っていた。

「もうガスがないんだから、あんまりやるなよ」

そう言われながらも、親指を止めることが出来なかった。

「そういやお前、なんて名前なんだ」

「レイジ」

「ほー、『レイジ・アゲインスト・ザ・マシーン』だな」

「なにそれ」

レイジ・アゲインスト・ザ・マシーンとは一九九二年にデビューしたロックバンドで、世界中の若者から絶大な支持を得ていると徳さんは言った。歳がいっているはずなのに若者の代表として話しているのはなんとなくあべこべで違和感があった。

「聴いてみるか？」

そう言うと徳さんはマイホームに入ってラジカセとCDを持ってきた。

「ホームレスなのに、そんなものまで持ってるんだ」

「俺はなんでも持っているんだよ」

再生ボタンを押すとレイジ・アゲインスト・ザ・マシーンの曲が流れた。ギターの音が騒々しく掻《か》き鳴らされ、ボーカルが早口でラップする。もともと音楽は聴かない上に初めての洋楽だったので、レイジはただただ圧倒された。

二曲ほど聴いた時点でボリュームを下げて徳さんは言った。

「どうだ、かっこいいだろ」

「この人達はなにに怒ってるの？」

ほとんどの歌詞はさすがに聴き取れなかったけれど、彼らが何かに怒っていることだけは感じ取れた。

「え？　それは……社会だよ」

「社会？」

「戦争とか人種差別とかそういうもんだろ」

「ふーん」

レイジは「なるほど、だからか」と一人で納得した。

「何が？」

「だからレイジ・アゲインスト・ザ・マシーンってバンド名なんだね」

「どういう意味？」

徳さんはてっきり分かっているのだと思っていたので、反対にレイジが驚いた。

「機械への怒りってこと」

「機械ってどの機械だよ」

機械は機械でしかないと思っていたけれど、レイジは考えを改めた。おそらくここで言う機械というのはオートマティックなシステムの象徴であり、つまり何も考えず受動的に物事をこなす人間たちや社会の仕組みということなんだろう。

「なにも考えない機械みたいな大人たちってことじゃない？」

「あー、それは俺も腹立つなぁ」

ロウソクの火は風が吹くとぐらりと揺れ、時折消えそうになった。咄嗟《とっさ》にレイジが両手で囲むように包むと、弱った火はまた息を吹き返したように回復した。

「しかしお前はあれだな、頭よすぎて、逆にさめてるな。もっとさぁー、燃えていこうぜ」

「なにを？」

「魂だよ」

「魂は燃やせないよ、燃料じゃないんだから」

明らかに呆《あき》れた素振りで、限界まで短くなった煙草をテーブルに押し付けた。

レイジは火を守る使命感に駆られ、ずっと両手をかざしていた。すると徳さんが突然立ち上がり、レイジの手の隙間から思い切り息を吹きかけた。ロウソクの火はあっという間に消え、暗闇が二人を飲み込んだ。

徳さんはそのままレイジを凝視した。レイジは無表情なままで徳さんを見つめ返した。音楽が流れる中、目が合ったまま二人の沈黙が続くと徳さんはしびれを切らしたのか、短い唸《うな》り声を発してどすんと椅子にもたれかかった。

「むしろレイジ・イズ・ザ・マシーンって感じだ、お前は」

レイジがまたロウソクに火を灯すと、明かりはじんわりと滲《にじ》んだ光を放った。

「いやならいやって、やめてほしいならやめてって言わないとよ。そのうち壊れちまうぞ」

徳さんが何を言いたかったのか、レイジはさっぱり分からなかった。ロウソクから垂れ続ける蠟は山から流れる川のようで、白いジオラマのようだった。頂で灯る炎は儚《はかな》く、なぜかあまり熱そうには思えない。

「お金なにに使ったの？」

徳さんは言いにくそうだったけれど、しばらくして「酒だよ、酒」とぶっきらぼうに言った。

「お酒っておいしい？」

「あぁ美味《うま》いさ」

そう言うと徳さんはビール瓶を持ってグラスに注ぐジェスチャーをしながら、合わせてコッコッコッコッ……と舌を鳴らし、その音を再現した。その仕草はあまりにも器用で、お芝居の世界で「本物」の演技を見てきたレイジでも、そのユーモアのある表現力には釘付《くぎづ》けになってしまった。それから徳さんはごくりと飲む真似をして「かぁー」とこの上なく美味《おい》しそうな顔で、酔っぱらい独特の首の動きをした。レイジは我慢できずに声を出して笑ってしまい、徳さんはしてやったりと煙草をもう一本取り出して吸った。

「金なくして、おっかぁに怒られなかったのかい？」

「怒られたことなんか一回もないよ」

「おとぉには？」

「お父さんは僕が生まれてすぐに死んだから知らない」

徳さんの動きが一瞬だけ止まった。

「そうか」

ラジカセの停止ボタンを押すと、辺りにぴたっと静寂が戻ってきた。

「レイジ、まだ時間あんのか？」

時刻はもう十時になる頃だった。

「今日はあんまりないや」

「そうか、今度また来い。いいとこ連れてってやるからよ。金くれた代わりに」

徳さんはレイジが遊んでいたライターを奪い、ラジカセを持って手も振らずにあっさりと立派な掘っ建て小屋に入っていった。

ロウソクの火はまだ灯ったままだったので、深呼吸をして思い切り息を吹きかけた。

火が消えたと同時に、心臓の奥がふっと温かくなるのを感じた。

家に着いたのは十一時になる十五分前で、レイジは電子レンジを使わず冷たいままのご飯を慌てて食べた。食べきれない分はトイレに流し、お皿を洗って寝る準備を済ませた。自分の部屋に戻って布団に入ったものの、身体はまだ熱くなっていてちっとも眠くならなかった。また徳さんに会えると思うとわくわくした。こんな気分は短い人生で初めてだった。

ガチャッと玄関のドアが開く音が聞こえたので、レイジは急いで目を閉じた。

5　コーンポタージュのアイス

数日間の検査や経過も問題なく、望美は周産期母子医療センターに移された。

目を覚ましてからの望美は以前よりも格段に大人しかった。いつもなら会話の節々に「もう」とか「ったく」などの否定的なニュアンスが挟まっていたのに、今はそんなこともなく、何か言えば「うん」とか「そうなんだ」と受け流すだけになっていた。坊主になったレイジを見ても少し笑って「似合うね」と言うだけで、なんだか張り合いがないなと思っていたけれど、静かな分には問題なかったし、レイジも執筆作業がしやすかった。ただなんとなくまだ自分の話をするのを躊躇《ためら》っていた。ローズと再会したことも、二十年前を少しずつ思い出していることも、金魚が死んでしまったことも、もう少し落ち着いてから言った方がいいだろうとレイジは考えていた。なにより望美は友人の面会を断っていた。今の自分を誰にも見られたくないと、頑《かたく》なに言った。おかげで病室は異様なまでに静かだった。望美はずっと窓の外を眺めるだけで、病室にはレイジがキーボードを叩《たた》く音だけが反響していた。場合によってはその沈黙が息苦しい時もあって、レイジは病院の一階に設けられたカフェで一人になって執筆した。部屋を出ていくときも望美はやっぱり「うん、いってらっしゃい」としか言わなかった。

望美が病棟を移動して三日目、あの事故から十一日経った金曜日だった。この日もカフェの通路側の席でパソコンを開いて次の言葉を逡巡《しゅんじゅん》していると「髪の毛、似合うじゃない」と、あの粘り気のある低い声が正面から届いた。顔を上げると、車椅子に座ったローズが担当の看護師に押されてこっちに来ていた。

「ありがとう、この人と話すからここで置いていって」

「帰りは迎えにきますか」

「平気、このいがぐりちゃんに押してもらうから」

ローズがそう言うと、看護師は一礼して戻っていた。

ローズとは屋上庭園で話した以来だった。ホスピスを訪ねようかと考えたことはあったけれど、時間もなかったし、きっと病院内のどこかで会うだろうと思っていた。

「脚本、進んでる?」

「全然ダメ」

ローズは頬に手を当て、「じゃあそれは何を書いてるの?」と質問した。

「二十年前のことを書いてるんだ。もしかしたら何か脚本の種になるかもしれないからね」

「ちょっと読ませてくれない？」

「いいけど、まだ途中だよ？」

「だって、出来上がるまで生きてるか分からないじゃない」

こういったブラックジョークはもはやローズの常套句《じょうとうく》だった。

「でもまだやめといたほうがいいよ」

「いいでしょ、アタシ今暇だし、アナタも今考えているようだったじゃない」

半ば強引にローズはパソコンを奪い取り、胸元のポケットから老眼鏡を取り出してレイジの文章を読んだ。読み終わって最初の感想は「まだアタシが出てきてないじゃない」だった。

「だからやめといたほうがいいって言ったのに」

「早くしなさいよ、死んじゃうわよ」

「もう少しだって」

少し息抜きをしようとローズに誘われたので、デカフェとブラックのホットコーヒーを一つずつ買って店を出た。車椅子を押すのはレイジの役目なので、ローズはレイジのパソコンを膝《ひざ》に置いて二つのコーヒーを両手に持っていた。

いざ車椅子を押すとローズは思ったよりも軽かった。それは薄れていく命を物語っていうようで、いくら笑ってジョークにしていても、この人が死を抱えた人間だということは変わらぬ事実に違いなかった。

外に出ると、また少し涼しくなっていた。雲はぶら下がったように重たげで、地面はほんのりと湿っていた。車椅子のタイヤから伝わる感覚が屋内と変わって若干ボコボコしていたので、コーヒーが零《こぼ》れないように注意しながらゆっくりと車椅子を押した。

「明日台風が来るんだってね」

「だから風が強いのね」

レイジは頭を擦《さす》りながら「でも坊主だと風が吹いても邪魔にならなくていいや」と呟《つぶや》いた。するとローズは間髪をいれず、「でもその分寒いわよ」と言った。

「台風ってちょっとわくわくしちゃうわよね。困る人も多いから不謹慎でしょうけど、なんだかこう、心がざわざわして疼《うず》くみたいな」

「だからかな、台風一過で晴れたピーカンの空ってさ、気持ちいいけどなんか好きになれないんだよ」

どこへともなく車椅子を押して行くと、遠くで子供達のはしゃぐ声が聞こえた。病院のある通りを少し先に行ったところの公園で子供達は遊んでいるらしく、ローズがそこまで行こうと言うので、敷地外ではあったがこっそり抜け出すことにした。路面はさっきよりもデコボコで、レイジはより慎重に足を進めた。

「妻の意識が回復したんだ。お腹の子も無事だった」

「あらそう。よかったじゃない。今度紹介して」

「うん、まだ少しぼーっとしてるけど、元気になったらね」

公園は台風直前ということもあってか、昼下がりの割に四人の子供達しかいなかった。それでも癒《いや》されるのか、ローズは微笑ましく彼らを見ていた。

「もしかしてアナタ、アタシと最初に会った時を思い出せないんじゃないの？」

「思い出したよ。むしろ、どうしてあんな衝撃的な人との出会いを忘れてたのか不思議なくらい」

「アナタはちょうどあの子達くらいの年齢だったわ」

四人の子供達は地面の砂に様々な模様を描いていて、その上に立ちながらなにやらオリジナルのゲームを作って遊んでいた。

「でもあの子達みたいに子供らしくなかったわね。瞳《ひとみ》の奥が凍ってて、まるでこの世の全てを悟ったような、そんな子供だった。テレビで見てる時は可愛いと思っていたけれど、実際会った時は末恐ろしかったわ」

「ひどい言い草だね」

「だってほんとよ、自分を可愛くみせる方法を知ってる子供なんて、怖くてしかたないじゃない」

仲良く遊んでいた子供達は突然揉《も》めだし、喧嘩《けんか》を始めた。原因を作ったらしい一人の男の子は周りから責められた挙げ句、しゃがんでワンワンと泣いてしまった。

「ほとんど泣いたりもしなかったしねぇ」

泣きやまない男の子を、今度は三人が慰めるように囲んだ。何を話しているのか分からないけれど、男の子は顔を膝に埋《うず》めたまま、うんうんと頷《うなず》いていた。

「でも、アナタは変わったわ。とても人間らしくね」

子供達は仲直りしたらしくまた楽しげに遊び始めた。レイジとローズはコーヒーを飲みながら、出会った頃の昔話を語り合った。

＊

「水を沸騰させた場合、水は液体、固体、気体、どれになるでしょう。夏川くん、答えられますか？」

「気体です」

「はぁーい、よくできました。前回の授業は休んでいたのに、さすがですねー、夏川くん」

チャイムが鳴った。

「じゃあ、休み時間ねー」

先生の声をかき消すように、クラス中の皆がいっせいに机を動かした。仲のいい人同士が固まって話しながら弁当を並べるなか、レイジは窓側の一番後ろで静かにランドセルと弁当箱の入ったサブバッグを持って立ち上がった。

さくらは教室の真ん中でたくさんのクラスメイトに取り囲まれていた。そこに入っていくのは億劫《おっくう》だったけれど色紙をずっと持っているのも嫌だったので、レイジは強引に輪の中に入っていった。

「これ、頼まれてたやつ」

「つばさくんへ」と書かれた世々子のサイン色紙をランドセルから取り出して渡すと、さくらはまじまじとそれを見つめ、きらきらとした瞳でレイジを見上げた。

「もうもらってきてくれたの⁉」

さくらは屈託のない笑みで色紙を抱きかかえた。

「ちょっと汚れちゃった、ごめんね」

「ううん、大丈夫！　お兄ちゃん絶対喜んでくれるよ！」

さくらの兄のつばさは全国大会までいくレベルの陸上選手だったけれど、膝を壊してしまいもう走れなくなったらしい。さくらはそんな兄を励ますために、大ファンの世々子のサインをどうにかもらってきてほしいとレイジに頼んでいた。

サインを断らなかったのは別に情にほだされたわけじゃなかった。ただもし断ったら「なんで嫌がるの」とか「さくらがかわいそうじゃん」とか「レイジくんって最低」などと取り巻きに言われるのがめんどくさかったからだった。なので、ここで長く会話をして「あたしも！」なんて言われるパターンもごめんだった。

「本当ありがと！　レイジくんやさしいね」

レイジが「そんなことないよ」と言う前に、さくらの仲間達が「みせてみせて」「いいなー」と世々子のサイン色紙に食いついたので、今のうちだと教室を後にした。

弁当を食べようといつも通り屋上に向かったが前日にやってきた季節外れの台風のせいで水浸しで、とても腰を下ろせるような場所はなかった。屋外はどこも同じ状況なので仕方なくトイレの個室で弁当を食べることにした。雨の日はいつもこうしていたし、別に汚いとも思わなかった。むしろ一人になれるという点においてはこれ以上の場所はなかった。ランドセルを背負ったまま便座に座り、サブバッグから弁当箱を取り出した。包みを解《ほど》いて弁当箱を開けると、鶏《とり》の竜田揚げやキノコの肉巻き、半熟煮卵やブロッコリー、三色そぼろになったご飯など未久が作ってくれた料理の数々が現れた。未久の料理はいつも手が込んでいてどれもこれも美味《おい》しいのだけれど、レイジは味覚に無関心だった。万が一これがコンビニ弁当でも同じように美味しく食べられるし、文句も言わない。大差ないのだ。

黙々と弁当の中身を口に運び、淡々と咀嚼《そしゃく》して、ほとんど食べ終えた頃だった。男子トイレに誰かが入ってくる足音がした。

「この後の授業マジめんどくせ、俺宿題やってねぇし」

「俺もだわー、教科書失くしたことにしようかな」

聞き覚えのある話し声だった。宮下公園で絡んできたあのハーフとだるまの声に違いなかった。レイジは気づかれないよう物音を立てずにじっとしていた。

「あれ、誰か入ってんじゃん」

それは明らかにレイジの入っている個室を指していた。

「誰だよ学校でｓｈｉｔしてるやつ」

「きったねー」

レイジはいつものように透明の耳栓をした。それでも外にいる二人がヒートアップしているのは体感できた。

「おい、きいてんのかこら」

外から蹴《け》られているらしく、トイレのドアが何度も震える。思わず両手で耳を押さえ、目を閉じた。

しばらくすると二人はいなくなったらしく、トイレは元通り静かになった。レイジが「よかったぁ」と小さく呟いた瞬間、天井が抜けたかと思うほどの水が上から降ってきた。

「うわぁ！」

咄嗟《とっさ》に身体を丸めてみたけれどすでに髪も服もびしょ濡《ぬ》れで、あらゆる場所からぽたぽたと水滴が垂れた。抱えていた弁当箱はタイル張りの床に転がっていた。

「無視してんじゃねぇぞ、夏川」

「名前が見えてんだよ」

ドアの下に空いている僅《わず》かな隙間から覗《のぞ》いていたんだと分かった。レイジは素早く両足を上げて抱え、上履きに書かれた「夏川レイジ」という名前を手で隠した。けれどすでに手遅れで、何の意味もなかった。

空になったブリキのバケツが投げ込まれ、レイジの手首にぶつかった。すぐに不愉快な金属音と後味の悪い痛みが響き合い、そしてチャイムが虚《むな》しく鳴った。

様々な罵倒《ばとう》を吠《ほ》えながら二人はトイレから出て行った。

レイジは静かに弁当箱を拾い、大きくため息をついてトイレを後にした。授業が始まっているため、廊下は閑散としていた。時々、先生の声と黒板を擦《こす》る音だけが聞こえた。

下駄箱で靴に履き替えてそのまま校舎を出る。体育の授業をしている他のクラスを横目に校門を抜けた。

　目を細めて空を仰ぐと、梅雨時季とは思えないほどのまさしく台風一過といった好天で、ジリジリと肌を焦がすような日差しだった。濡れた靴下のぐちょぐちょとした嫌な感触を感じながら青山《あおやま》通りを歩いた。

　宮益坂上《みやますざかうえ》を右に曲がり、明治《めいじ》通りの交差点で信号待ちしていると、正面に同じクラスの女子が車の行き交う先に立っているのが見えた。四年生になってから転校してきた彼女は休みがちで、レイジも仕事で頻繁に学校を欠席するので、数えるほどしか会ったことはなく、名前も曖昧《あいまい》にしか思い出せなかった。上下五車線の道路越しでもはっきりと感じるほど、強い眼差《まなざ》しをレイジに向けていて、明らかに敵意を剝《む》き出しにしていた。気味が悪かったので、俯《うつむ》いたまま青信号になった交差点を渡った。すれ違いざまにもう一度だけ一瞥《いちべつ》すると、「なんで濡れてんの」と咎《とが》めるような表情で、彼女はやはりレイジを睨《にら》んでいた。

　逃げるように階段を駆け上がり宮下公園に入ると、徳さんと他のホームレス達がトクハウスを補修していた。家を支えたり、紐《ひも》を巻き付けたり、道具を渡したりと各々が真剣に作業に打ち込んでおり、徳さんはトンカチで釘《くぎ》を叩《たた》いていた。あたりにはベニヤ板やブルーシートなどが散らばっている。

「台風、大丈夫だった？」

声をかけると、徳さんは咥《くわ》えていた釘を取って振り返った。

「おーレイジ！　大変だったぞ。雨風には慣れてるけどよ、あそこまでの台風は四年ぶりくらいだったな。オリンピックタイフーンってやつだな、はははは」

徳さんは豪快に笑い、それからレイジの様子をみて「どーした、お前の周りだけは台風が過ぎていかなかったか」と言った。

「またやられちゃったよ」

弁当の入ったサブバッグをテーブルに置くと、布地が含んでいた水分が細かく飛び散り、それを熱くなった天板が蒸発させた。

「とりあえず脱ぎな」

徳さんはトンカチや釘を汚れた道具箱に戻し、木と木の間に結ばれた紐にレイジの着ていたパーカーやTシャツ、ズボン、帽子、靴下、靴、ランドセル、サブバッグをかけていった。徳さんに借りたTシャツを着るとぶかぶかで、裾《すそ》はレイジの膝《ひざ》ほどまであった。

「似合ってるじゃねーか」と、徳さんは茶化すように言った。

Tシャツは汗臭く、「Je t'aime」と書かれたロゴは白んでいて布地は毛羽立っているけれど、どことなく落ち着くのが自分でも不思議だった。

渡されたスリッパを履くと、徳さんは「乾くまで手伝え」と工具の入ったプラスチックのケースを差し出した。

「釘、打ったことあるか？」

レイジは首を横に振った。

「じゃあまず見とけ」

何度も何度も「指は叩くなよ」と注意しながら、徳さんは丁寧に釘の打ち方を教えてくれた。

「釘打つのは意外と難しいからな、最初の二、三発は優しく、最後だけ強くな。恋愛と一緒だ」

レイジは徳さんの指示に従って、言われた場所に釘を打った。思うように力が入らず、真っすぐ打てずに何度も釘がぐしゃりと歪《ゆが》む。それでも徳さんはレイジからトンカチを取り上げたりしなかった。時間もかかるし面倒が増えるだけなのに、徳さんはレイジが上手《うま》く打てるようになるのを見守っていた。どうしても上手く出来ない時はレイジの後ろから包み込むようにして、手を取って教えた。腕を振る度に、Tシャツと同じ汗の臭いがした。

「上手く打てると気持ちがいいだろう」

「うん」

乾いた髪は汗でまた濡れていた。けれどさっきまでの不快さはなく、むしろ爽快《そうかい》な気分だった。

「やなことがあったらな、身体を動かすんだ。それが一番手っ取り早い」

釘を打つ度に、今まで凍っていたものが、ゆっくりと溶け出すような感覚になった。

「皆《みんな》、休憩にしていいぞー」

補強を半分程度終えたところで徳さんは手伝っていたホームレスらに声をかけた。

それぞれ汗を拭《ぬぐ》いながら、地面にへたり込む。レイジと徳さんはオープンテラスで休むことにした。

「台風来ちゃったから、これからまた暑くなっちまうな」

「そうなの？」

「あぁ、台風が通り過ぎると季節が一気に変わっちまう」

「なんで？」

「なんでとかじゃねぇ、経験だ」

徳さんは黒ずんだタオルで顔の汗を拭《ふ》いた。大雑把にゴシゴシと拭くので皺《しわ》の隙間に溜《た》まった汗はまだそこに残ったままだった。

「レイジ、飲み物買ってくれ」

「子供にねだるの？」

「俺はホームレスだぞ。炭酸の何か、頼んだ」

「でも、この格好じゃ渋谷の街は歩けないよ」

徳さんは手のひらをレイジに差し出した。

「しょうがないな」

レイジが千円を渡すと、「ありがとうございます、ご主人様」と執事のような物言いをして、姿勢よくお辞儀をした。

「何がよろしいですか」

「僕も炭酸を頼むよ」

レイジもそれらしく、低い声で言い返した。

「かしこまりました」

飲み物を買いに行き、そして帰ってきた徳さんは、コーラやサイダーなどの飲みものを四本買ってきた。それらを手伝ってくれているホームレスらに配ると、皆「ありがとうございまーす」とレイジに黄色い歯を覗かせた。

徳さんが「おつり」と言いながらテーブルに置いた小銭はたった百円だった。当時缶ジュースは一本百十円なので、それは明らかにジュース六本分の残りより少なかった。

レイジが疑わしい目で見つめると徳さんは「ありがとな」と言いながら、悪びれる様子もなく煙草の箱を二つポケットから出した。ホームレスらもレイジを見ながらニヤニヤしている。

「徳さん、その子にあれ、見せてやんなよ」

ホームレスの一人がポカリスエットをごくりと飲んでそう言った。

「そうだな。お礼にいいもの見せてやるよ。レイジ、百円玉三枚あるか？」

「またお金？」

「いいから」

レイジはまたしても財布からお金を出した。徳さんは軍手を外してテーブルに百円玉を二枚ずつ、左右に分けて並べた。

「よーく、見とけよ」

左右の百円玉に手をかざしながら徳さんは「ハッ」と威勢良く声を放った。そして左右の手をどけると、二枚ずつあったはずの百円玉が左に一枚、右に三枚になっていた。

「すごいだろ、まだ終わってないぞ」

そう言って同じことを繰り返すと、今度は全ての百円玉が右に移っていた。

レイジは素直に感動した。間近で手品を見たのは初めてだったし、なにより徳さんの汚れたゴツい手から繰り出された鮮やかな動きは見事だった。

徳さんは子供騙《だま》しのつもりだったみたいだけれど、レイジがあまりにも喜んだのでまんざらでもなさそうだった。

「じゃあ別のやってやる」

買い立ての煙草から右手で一本取り出したと思いきや、煙草はいきなり姿を消し、手を交差させると左手の甲の方から現れた。かと思うとまた姿を消し、今度は右手に戻っている。煙草の移動する先を追えば追うほど、レイジは翻弄《ほんろう》され、まったく違う場所から現れた。一体どうなっているのか、レイジにはさっぱり分からなかった。

「なんでそんなことができるの？」

「俺はもともとパリじゃ有名なマジシャンだったのよ」

「またまた。だったらホームレスなんかにならないよ」

「ホントだぜ。何も使わずに火だって点《つ》けられる」

「じゃあやってみてよ」

「見とけよ」

徳さんは何もない手のひらをレイジに見せつけ、それから右手の甲を覆うように左手を重ねた。甲の血管がぷっくり浮き上がっている。

「うっ」

太陽を浴びた顔を汗が伝う。黒ずんだ腕は微《かす》かに震え、くすんだ瞳《ひとみ》は充血した。

何かが焼けた臭いが鼻を掠《かす》める。それから徐々に隠れていた右手の内側から煙が漏れ出る。

すると両手から奥で僅《わず》かな炎が一瞬現れた。どういうカラクリなのか、全く推測できなかった。

「ふぅ」

これから炎が燃え上がるといったところで徳さんは息を吹きかけてしまった。右の親指が黒く焦げている。

「爪に火を点《とも》すのは得意なんだよ」

徳さんは一笑してそう言った。

「あれ、百円玉は？」

ついさっきまでテーブルにあった四枚の百円玉は、いつの間にか消えていた。レイジはテーブルの下や徳さんのポケットや手のひらなど色々探ったけれど、結局お金は見つからなかった。

「どこいっちまったかな」

「どこに隠したの？」

「隠してないさ、きっとどっか飛んでいっちまったんだな」

いつもの調子ではぐらかす徳さんにレイジもすっかりやられてしまった。飲み忘れて温《ぬる》くなったサイダーのプルタブを開けてごくりと飲むと、色々とどうでもよくなった。「たまに飲むコーラは最高だな」と唸《うな》る徳さんと一緒に、レイジの服が乾くのを待った。

「レイジ、今日は時間あるのか？」

母は大阪に出張に行っているので、今日は帰ってこない予定だった。

「補修を終えたらいいとこ連れてってやる」

「こないだ言ってたところ？」

「あぁ。そうと決まれば、ちゃっちゃと仕上げちまおう。今日はきっとお迎えが来る。

さぁ皆、作業を再開するぞ」

割れてしまったベニヤを交換したり、濡《ぬ》れたブルーシートを捲《めく》って乾かしたり、部屋の中を換気したりとやることはたくさんあった。徳さんは溜めていた雨水で身体を拭いたり、洗濯をしながら、レイジや他のホームレスに的確に指示を出し続けた。

「お前なかなかのセンスしてるな、きっといいホームレスになるよ」

全ての工程を終えて、レイジはすっかり乾いた自分の服を着た。太陽光をいっぱい浴びた心地よい肌触りだった。最後に飛んでいってしまった表札を書いてほしいと頼まれたので、ベニヤ板に「徳さん」と書いて、ビニールテープで壁面に貼り付けた。

「お前、『徳』って字書けるのか、かしこいなぁ。学校じゃ習ってないだろう」

徳さんは手伝ってくれたホームレスらの労をねぎらい、煙草を一本ずつ渡した。彼らは皆「ごちそうさまです」とレイジにお礼を言って、煙草を吸いながら三々五々自分の居場所に帰っていった。

時刻はちょうど日の入りくらいでまだほのかに明るかったけれど、徳さんはテーブルから生えたロウソクに火を点《つ》けた。それから補修作業で余った釘《くぎ》を一つ手に持ち、「こんなのも出来るぞ」と言って一振りした。するとそれまでシャンと真っすぐだった鉄の釘は九十度にぐにゃりと曲がっていた。

「まだまだだぞ」

手のひらに置かれたくの字形の釘がどんどん折り畳まれていく。まるで生きているかのように蠢《うごめ》き、徐々につの字になって、そして突然パキンと、真っ二つになった。

予期せぬ動きにレイジは思わず一驚《いっきょう》した。

「本当にすごいね。僕にも出来る？」

「んーこれはまだ無理だろうな。簡単なやつ、教えてやろうか？」

レイジが頷《うなず》こうとしたその時、奇々怪々な低い呻《うめ》き声が家の向こう側で轟《とどろ》いた。

「徳さぁぁん！！！　徳さん生きてるのぉぉぉ!?」

「おやおや、このタイミングでお迎えかい。レイジ、びっくりするなよ」

戸惑うレイジを横目に徳さんはにやにやと笑っていた。呻き声は少しずつ近くなり、ついに直したての家の壁からその正体は顔を出した。シルエットは巻き貝さながら、白い髪の毛はタワー状で、初めに顔よりも髪の高さが目についた。しかしながら顔の方もものすごいインパクトで、真っ白に塗られた肌、カラスアゲハが留まっているような睫毛《まつげ》、ラフレシアを思い起こさせる唇、明らかに描き足した口元のホクロなど全てのパーツにおいて過美なおどろおどろしさが含まれていた。

「徳さぁぁん、生きてたのね」

壁にもたれて弱々しい女性を演じているようだったけれど、異様にでかい図体《ずうたい》がその効果を薄れさせていた。

「俺はそんな簡単に死なないさ」

「心配したわよ、昨日の台風すごかったからぁ。無事でよかったぁ」

そう言うと、その男か女か分からない怪人はレイジを見た。

「あら、可愛い坊や。徳さん、拉致《らち》したの？」

「馬鹿野郎、こいつが自分から来るんだよ」

長いドレスの裾《すそ》を摑《つか》み上げながらレイジの横にやってきて、「アタシ、ローズ。よろしく」と名乗った。

「なつかわレイジです」

ローズは顔を近づけてまじまじとレイジを見つめた。きつい香水の匂いにレイジは思わず目を閉じた。

「あら、この子、有名人じゃないの」

「ん？　そうか」

「だってほら、よくテレビとかCMとかでてるじゃない」

「最近何かと遊びにきてんだよ」

「ふーん、まぁ、どうでもいいわね、そんなこと。いい男になったらアタシが面倒見てあげるわ」

「お前みたいな気持ち悪いやつになんで面倒見てもらわなきゃいけねえんだよ」

「あぁ、徳さん酷《ひど》い〜」

　奇抜な外見に構えていたレイジも、二人の空気にすっかり和んだ。徳さんはまた豪快に笑い、ローズはゴツい身体をクネクネと動かした。

「ローズ、コイツ連れて店行くからよ、いいよな」

「あら、徳さん来てくれるの？　嬉《うれ》しいわ。でもお金はちゃんと払ってね」

　外していた軍手をつけながら「あぁ、なんとかするさ」と徳さんは言った。

　レイジは流されるままに二人に連れられて渋谷の街を闊歩《かっぽ》した。子供とホームレスとドラッグクイーンという組み合わせはすこしも統一感がなく、周囲からも浮いているようで、すれ違う学生やサラリーマンがじろじろとこちらを見たりしていた。その度にローズは「何見てんのよ」と柄の悪い声を放ち、視線を散らした。

喧噪《けんそう》を浴びつつ道玄坂上の交番を右に入り、小さな路地を縫っていくと突き当たりに現れたのは三階建ての古めかしいビルだった。もともと白かったはずの外壁は都会の雨で黒ずんでいて、入り口の蛍光灯はジジジと不安定に点滅している。ローズがヒールをカッカッと鳴らしながら階段を駆け上がるのでそれについていくと、三階の「山田」という表札が貼られた部屋の前で立ち止まった。インターホンを押すと、スピーカーから「はい」と男性の声が聞こえた。

「アタシよ、ローズ。他に二人いるから、席よろしく」

「かしこまりました」

ロックが外れると、パジャマ姿の中年男性が現れた。

「どうぞ」

案内されるままに三人が中へ入ると、そこは「普通の部屋」だった。玄関から真っすぐ廊下をいくと横には台所があって、奥には居間がある。一般的な家族が暮らしていそうな、生活感のある普通の部屋。

しかし男が居間の押し入れを開けると、現れたのはこの部屋には似つかわしくないバロック調の重厚な扉だった。扉の真ん中には「JANIS」と筆記体で記されたプレートがある。男は鍵《かぎ》を開け、「いってらっしゃいませ」とお辞儀をした。

扉を押すと、今度は螺旋《らせん》階段が現れた。ぐるぐると下りていくと、受付らしきカウンターがあり、黒いベストに蝶《ちょう》ネクタイをした男が一礼した。

「いらっしゃいませ。お預かりするものはございますか」

男の振る舞いは紳士的で、爽《さわ》やかだった。

「平気よ。お客さんはちゃんと来てる？」

「はい。大盛況でございます」

ローズは軽く頷き、「よかった」と嬉しそうに言った。そこからさらに十メートルほどの廊下をいくと、今度はコンサートホールでみるような赤い革張りの扉が現れた。ローズが力を込めて引くと、観音開きの扉の隙間から一気に音楽が漏れだす。思わず耳を塞《ふさ》いだものの、レイジはその扉の先の光景にすっかり呆然《ぼうぜん》としてしまった。

ドーム状の天井からは巨大なシャンデリアが吊《つ》り下げられ、壁一面には色彩豊かなステンドグラス、ソファーもカーペットも赤を基調にした繊細な柄で、どれもこれも豪華絢爛《けんらん》だった。しかし何よりも目を引いたのは、その奥のステージで歌い踊るローズと同じような種類の人達だった。十数人がチュチュのようなドレスを身につけて素早くターンをしたり、時には宙返りをしたりと激しく舞い踊っている。そしてセンターでは歌担当らしき人が腹の底から歌い上げている。

決して美しいというものではなかった。身体のでかい老若の男達が化粧をして豪快に動く姿はキレこそあるもののどこか滑稽《こっけい》で、やはりへんてこりんだった。しかし、だからこそ目を逸《そ》らさせない迫力というものがそこにはあった。

曲が止むと一斉に拍手が鳴った。それまで気づかなかったけれど、ステージを囲むように配置された席には全て観客がいた。

「どうだレイジ、すごいだろ」

ローズがしゃがみ込んで「楽しんでいってね」とレイジにウィンクをすると、長い睫毛から風が流れてきた。

――「おーローズママ、遅かったじゃねぇか」「ごめんね、社長来るって知ってたから、ちょっとおめかしに時間かかっちゃって」――

――「歌ってよママ～」「後でねー」――

――「ママ、こないだ誕生日だったろ、シャンパン入れてやるよ」「あら、いいの？」「当たり前だろー、で、何歳になった？」「永遠の十八よ」「十万五十歳だろ」「ちょっと誰がデーモン閣下よ」――……

ローズは馴染《なじ》みの客への挨拶《あいさつ》が忙しいのか、見る見るうちに遠くに行ってしまった。

レイジは徳さんに引っ張られて、「Ｒｅｓｅｒｖｅｄ」の紙が置いてある一番奥のテーブルに座った。なぜか各テーブルにバラの切り花が人数分飾られている。すぐにローズと同じような従業員がおしぼりをもってやってきて、「徳さんいつもありがとーね～、いつものでいい？　あら、どうしたのこの子。徳さんの隠し子？　でもどこかで見たことあるわねー」と一人で喋《しゃべ》り続けたので、徳さんは「俺はいつもの、こいつはなんかジュースでいいから。はやくな」と冷たくあしらった。

「はいはい、今もってきますよーっと」

そう言うと彼はお尻《しり》を振りながらバーカウンターの方へ行った。

「こういうとこは初めてか」

「初めてに決まってるよ、まだ小学生だよ」

「お前はあいつらのこと、怖くないのか？」

「あいつらって？」

「あーいうローズみたいなやつらだよ」

徳さんはフロアにいるたくさんの従業員を顎《あご》で指した。

「なんで怖いの？」

「なんでって、普通の小学生は怖がると思うぜ？　男なのに派手な化粧してよー。あーいうの会ったことないだろうし、へたすりゃお化けみたいじゃねーか」

「全然怖くないよ、最初はびっくりしたけど、むしろ面白いよ」

「やっぱお前変わってるわ。驚かしてやろうと思ったのによ」

「おまちどおさまー」

「だって、これだぜ？」

先ほどの従業員が飲み物を持って戻ってくると、徳さんは無礼にその男の顔を指差した。

「あんただって、ホームレスじゃないの。失礼しちゃうわ」

また尻を振りながら去っていくと、「一緒にすんじゃねーっつーの」と徳さんは言った。

乾杯をするとグラスは安物でないことを主張するかのようにキーンと鳴った。レイジに渡された飲み物はリンゴジュースだったけれど、これもまたコンビニで売っているリンゴジュースとは違う高級な味がした。徳さんが飲んでいるのはヘーゼルバーンの十二年もののストレートとかいうやつで、一口だけ舐《な》めてみたけれど、口の中が焼けるように熱くなってすぐにリンゴジュースを飲んだ。

「大人になると、これが美味《おい》しく感じるのさ」

「ごめん徳さん、お通し、出てなかったわね」

挨拶を済ませたローズが「はい、これが今日のお通し」と言ってテーブルに置いたのは、ポテトチップスに何やらどろっとした白い液体がかけられたものだった。

「ポテトチップス練乳がけ」

あからさまに嫌な顔をして「一体なんだこりゃ、しょっぱくしてぇのか甘くしてぇのか、分かりゃしねぇよ」と徳さんは文句を言ったが、「最近はまってるのよ。まるでアタシみたいじゃない？　しょっぱいものを甘いもので包むなんて」とローズは言い返した。

徳さんは不服そうな表情を浮かべながらもとりあえず一つ口に放り込むと、味わうように嚙《か》み砕き、「確かに悪くねぇかもなぁ」と言った。

「ほら、どっちのいいとこもあるのよ」

そう言うとローズは唇をオーバーに鳴らして徳さんに投げキッスをした。うっとうしがる徳さんをみてローズは喜んでいて、レイジはそれがどういう感情なのか分からなかったけれど、仲良さそうにじゃれ合う二人を見ていると楽しかった。

それからもう一度ショータイムがあった。さきほど観たのとほとんど同じだったけれど二度観ても飽きなかった。魑魅魍魎《ちみもうりょう》な人間達が一生懸命女性的に踊る動きは、セクシーかつユーモラスで風格すらあった。シンプルに娯楽として成立していた。

一回目と同じタイミングで客席から拍手が鳴った。しかし曲は続いた。

すると後ろの金色のカーテンからファーを首に巻いたローズが現れた。演歌歌手のように深くお辞儀をすると拍手はより大きくなる。

「今宵《こよい》も来店していただきありがとうございました。最後にアタシの歌を聴いていただければと思います。ごゆっくりと楽しんでくださいませ」

それからローズは中森明菜《なかもりあきな》の「飾りじゃないのよ涙は」の歌詞を変えて観客をイジ

り、中島《なかじま》みゆきの「ファイト!」の歌詞を下ネタ風に変えて歌った。どちらも文字にするのを躊躇《ためら》うほど不謹慎だったけれど、観客は皆手を叩《たた》いて笑っていた。徳さんは何度も観ているネタのようで「バカだねぇ」と呟《つぶや》きながらウィスキーを啜《すす》り、それでも何度か声に出して笑っていた。

「おふざけはこれくらいにして、最後は恒例のこの曲を歌って締めたいと思います。本日は誠にありがとうございました。聴いてください、『東京流れ者』」

何処で生きても流れ者　どうせさすらいひとり身の
明日《あす》は何処やら風に聞け　可愛いあの娘《こ》の胸に聞け

それまでの戯《おど》けた歌い方とはうって変わって、力強く、男らしく、そして気持ちのこもった歌声にうっかり感動してしまった。この歌を知らないはずなのにどこか懐かしく、胸の奥がツーンとなった。

「どうせ散るなら男花　恋もすてたぜ義理ゆえに　ああ東京流れ者」

本当に歌手なのではないかと見紛《みまが》うほどの貫禄《かんろく》だった。

歌い切ると今日一番の拍手が鳴った。そして客席にいた全員がテーブルに飾られていたバラをステージに投げ込んだ。それはこの店の決まり事らしかった。

「ありがとうございました。これにてショーは終わりますが、実は皆様にご報告があります。マチルダちゃん！　ちょっとステージに上がってらっしゃい」

客席にいた一人の従業員が頭を下げながらステージへと向かっていく。壇上に上がるとローズが「彼女からお話があります」と言ってマチルダにマイクを渡した。

「本日をもちまして、アタシ、マチルダはＪＡＮＩＳを卒業することになりました。アタシを応援してくださった皆様、今まで大変お世話になりました。皆様のことは一生忘れません。本当にありがとうございました」

あちこちから「マチルダ！」や「頑張れよ！」などと声が掛かる。

「そして、ママ」

マチルダはローズに向き直り、目を見て話し始めた。

「十代で家を飛び出し、右も左も分からなかったアタシをママは何も聞かずにこの店で働かせてくれた。ＪＡＮＩＳがなかったら今頃どうなっていたか――」

マチルダは涙ぐんで声を詰まらせた。

「ママ、本当にありがとう……」

「やだ、湿っぽくなっちゃうじゃない」

ローズもまた涙を滲《にじ》ませるが、照れ笑いで誤魔化した。するとステージの袖《そで》から従業員達が花束を持って現れる。マチルダはついに涙を零《こぼ》し、口元を手で覆った。

ローズは母親のような笑みを浮かべ、花束をマチルダに渡した。そして二人は抱き合い、ローズはマチルダの頭を撫《な》でた。再び拍手が鳴り、店内は温かい空気に包まれた。

その時だった。

あの重々しい革張りの扉が勢いよく開き、大柄でスキンヘッドの男が「マチルダ！」と叫びながら店に入ってきた。カウンターにいた店員が急いで追いかけてきて「お客様困ります」と男の正面に立ったが、刺青《いれずみ》が入った右腕で軽く振り払われてしまった。店内はしんと静まる。

「ヒロくん！」

マチルダがそう叫ぶと、ヒロという名の男は肩をそびやかしてステージの方へ歩いていく。

「嘘やろマチルダぁ……男と海外に行くなんてよ……そんなの酷《ひど》すぎるってぇ！」

「アナタには関係ないでしょ」

「関係ないってなんやねん！　なぁマチルダぁ、もう一度やり直さへんか？」

「帰って」

マチルダはヒロを鋭い眼光で睨《にら》んだ。するとそれまで下手に出ていたヒロも表情を変え、怒りを露《あらわ》にした。睨み合う二人の間にローズは割って入り「お帰りください」とヒロに言う。

「うっさいんじゃババア！」

ヒロは怒鳴ってローズを突き飛ばした。従業員がローズのもとへ駆け寄るのを尻目《しりめ》に、ヒロはマチルダが抱えていた花束を取って地面に叩き付けた。花びらが辺りに散らばる。

「こんな店いつでも潰《つぶ》したるぞ！」

ヒロがフロアに下りると、何人かの客達は慌てて席を立ち、壁の方に逃げていった。空いた椅子を軽々と持ち上げて投げ飛ばすと、テーブルの上にあったグラスが嫌な音を立てて割れた。従業員や客の数名がヒロを止めようと前や後ろから飛び込んでいくが、あっけなくなぎ倒されてしまう。

「あーぁ。それじゃダメだろう」

徳さんはまるで格闘技を見るように傍観しながら、ウィスキーに口をつけてそう言った。その間にもヒロは大暴れしながら、店の物を壊した。

「お願い！　やめて！」

マチルダが一生懸命叫ぶものの、ヒロは一向に手を止めようとしなかった。

「警察呼ぶわよ！」

従業員に支えられたローズがそう声を荒らげると、「呼べるもんなら呼んでみい！」とヒロは応《こた》えた。

「呼べるわけないやんなぁ。そんなことしたらここは終わってまうもんな」

ローズは苦虫を噛み潰したような顔になって口をつぐんだ。

レイジが「どうして警察呼べないの？」と徳さんに聞くと、「ここには未成年がいっぱいいるんだよ。高校生とかな」と眉間《みけん》に皺《しわ》を寄せて答えた。

店内を見渡すと、派手なメイクで分かりにくかったものの、確かに二十歳以上には見えない従業員がJANISには何人もいた。

「誰も俺を止めることはできへんで。マチルダ、お前が俺とやり直すって言うまで俺は暴れ続けるからな！」

ステージのカーテンを引きちぎり、テーブルを蹴飛《けと》ばし、客のボトルを勝手に飲む。ヒロは好き放題暴れていた。口を開ける度に金歯が照明を反射した。

「あちゃー。ここはいっちょ俺の出番かなぁ」

徳さんはなぜかわくわくした様子で、Tシャツの袖口《そでぐち》を肩まで捲《まく》り上げて立ち上がった。

「何するの？　やめたほうがいいよ」

「レイジ、ちょっと手伝ってくれ。なぁに、そんな難しいことは頼まねぇさ」

それから徳さんはレイジに段取りを伝えた。

「いいけど、本当にそんな上手《うま》くいくの？」

「俺を誰だと思ってる。あとこれ、貸してくれ」

そう言うとレイジが着ていたパーカーを掴《つか》み、フードの紐《ひも》を一気に抜いた。

「何するの」

「いいから、とっとと行け」

レイジは言われた通り、ヒロに気づかれないよう腰を低くしてバーカウンターの方へ走っていった。カウンターの下には確かにブレーカーがあった。袖から顔を出して徳さんの様子を窺《うかが》う。

徳さんは紐をポケットに入れ、ヒロのいるステージの方へ歩いていった。

「まぁまぁ旦那《だんな》、落ち着いてくださいな」

「あぁ？　なんやお前」

徳さんは途端に柔らかい表情を作って饒舌《じょうぜつ》に話し始めた。

「旦那はちっとも悪くない。あんたは大した男だ。好きな人のためにここまで出来るんだもの、立派じゃない」

「あぁん？　バカにしとんのか？」

「いやぁ男の鑑《かがみ》だね。お客さんもそう思うでしょう⁉　ねぇ？」

徳さんはステージから客に話しかけたが誰もそれに答えようとはせず、異様な緊張感だけが漂っていた。

「旦那にいいものを見せましょう」

「ふざけんなよ、てめぇ」

「まぁまぁ、落ち着いてくださいな。私の手には何もありませんね」

そう言って徳さんは両手を突き出した。客席にも見えるよう身体を回転させる。

「ではいきますよ！　はぁ！」

素早くクロスさせて両手を握り、そっと開くと手のひらには先程レイジのパーカーから引き抜いた紐があった。

一瞬の出来事だった。

「これはただの紐です。よく見てください」

ヒロは青筋を立てながらも、言われるがまま紐を眺めた。

「これを振ると」

徳さんが手首のスナップを利かせて紐を上下させると、真ん中に結び目が一つできている。客席から小さく感嘆の声が漏れた。結び目を解《ほど》いて二度振ると、今度は二つに増えた。

「だから何や」

「待ってください。次は凄《すご》い『魔法』ですよ」

それは徳さんと約束した合い言葉だった。レイジはブレーカーに手をかける。そして徳さんが両手を上げた瞬間、ハンドルを下げて「ＯＦＦ」にする。

店内はあっという間に真っ暗になった。悲鳴や「どうした⁉」と動揺する声が響き渡る。レイジは手をかけたまま言われた通りに五秒数えた。

「１、２、３、４、５……」

再びハンドルを「ＯＮ」にすると電気を取り戻した照明がパラパラと点《つ》き始める。

ステージの徳さんは両手を広げ、満面の笑みを浮かべている。

「さぁ、ご覧ください！　ヒロさんはお縄となってしまいました！」

レイジはヒロの姿をすぐに見つけることができなかった。立ち上がって徳さんの足下を見るとヒロは地面に這《は》いつくばっていて、両手は背中で縛られていた。

「てめぇ！　何すんねんこらぁ！」

徳さんはその背中の上に立って、ゆっくりとお辞儀をした。

「ありがとうございました！」

ヒロはなおもじたばたし、その振動で徳さんは落ちそうになる。

「まだ元気が余っているようですね」

徳さんはさっきヒロがちぎったカーテンを拾い、それを彼の上にかけた。そしてくるくると転がしてヒロを包んだ。

「いい加減にしろよ！　あぁ！」

徳さんはそのまま元いた席に戻っていった。レイジも隣に座り、二人はハイタッチをした。

「上手くいったね」

「だから言ったろう」

マチルダは手巻き寿司のようになったヒロを蹴飛ばし、他の従業員は油性ペンで顔に悪戯《いたずら》描きを始めた。「やめろ」「覚えとけ」とヒロは吠《ほ》え続けるものの、どうすることも出来ずにされるがままになっている。

レイジと徳さん、そして客らは皆それを笑いながら鑑賞していた。しばらく弄《もてあそ》ばれた後、額に「肉」や目元に睫毛《まつげ》などを描かれたヒロは従業員の数名に担がれて店の外へ連れていかれた。

ローズが二人のもとへやってきて「徳さん、本当にありがとう」と感謝の言葉を述べた。片付けをしている従業員らも徳さんに頭を下げる。

「いいってことよ」

「今日は好きなだけ飲んでって。お代はいらないから」

「大丈夫だよ、金ならある」

徳さんはどこからともなくヒロの財布を出した。

「いつのまに」

レイジが呆《あき》れている横で、ローズは「最初からそれ目当てだったんじゃないの？」と一連の行動を怪しんだ。

「さぁ、どうかな」

閉店時間を過ぎても三人は残っていた。従業員はまだ後始末をしていたけれど、ローズが「帰っていいわよ、あとはアタシがやっておくから」と伝えると、皆一礼して帰っていった。

騒がしかった店内は波が引いたようにすっかり静かで、全く違う趣を放っていた。

「しかしローズの歌だけは、ほんとに感心しちまうなぁ」

「歌だけってなによ、他にもすごいとこあるんだから」

「たとえば？」

「試してみる？」

誘惑するようにローズがすり寄ると「俺は男にゃ興味ないって言ってるだろ」と一《いっ》蹴《しゅう》した。

「分からないじゃない、試してみなくちゃ」

「分かるっつーの」

夫婦《めおと》漫才のような二人のやりとりは見ているだけで楽しく、心地よかった。レイジが声を出して笑うと、二人も嬉《うれ》しそうに微笑んだ。それから徳さんは幾つかのマジックを教えてくれた。コインを使ったもの、箸《はし》を使ったもの、トランプを使ったものなど、どれもこれも手順は簡単なものだった。しかしレイジはなかなか上手く出来ず、徳さんは「大事なのはな」と前置きをしてコツを教えてくれた。

「とにかく相手の気持ちを知ることだ。相手が何を考え、どこを見ているかさえ分かれば、あとはいかようにもリードできる。簡単にハートが掴めるのさ」

そう言うと徳さんは何もなかった手のひらからハートのエースを一枚出した。

「かっこいいわぁ徳さん」

はしゃぐローズを見て、「な、上手《うま》く出来たら女なんていちころよ」と徳さんはウィンクした。

「ついでにオカマもイ・チ・コ・ロ」

ことあるごとに二人はジョークを言い合い、笑った。レイジは眺めながら頬を緩めていた程度だったけれど、だんだん声が出て、いつしか抱腹絶倒という具合に涙を流して笑っていた。

心の底から笑ったのはこの日が人生で初めてだったと思う。

それまで笑うという行為は、口角を上げて口を開き、目尻《めじり》を垂らしてハハハと言うものだったのに、この時は二人の会話を聞いているだけで気づけばこの顔になっていた。お腹が痛くなるほど可笑《おか》しくて、なぜか目尻が濡《ぬ》れていて、自分でもこんな声が出るのかと驚くほど爆笑していた。

＊

思い出話に夢中になっていると、子供達はすでに帰っていた。風はまた一段と強くなり、そろそろ病院へ戻ることにした。コンビニの前を通りかかるとローズが「あぁっ」と何かを思い出したような声を上げたので、レイジは思わず足を止めた。

「どうしたの？」

「ねぇ、アナタあれ食べた？　最近流行のコーンポタージュ味のアイス」

「あー、流行《はや》ってるよね。一回だけ食べたよ」

「どうだった？」

「んー、思ってる三倍くらいコーンポタージュ」

「えーいいなぁ。アタシ、あれ食べてみたいのよ。気になるわ、きっと美味《おい》しいはずなのよ。フレンチのデザートにだってなりえると思うわ」

ローズは相変わらずそういう変わった組み合わせの食べ物が好きなようだった。

「ねぇ、まだ売ってるのかしら」

「コンビニ見てこようか？」

ローズはレイジがそう言うのを待っていたようで、すぐに「うん、お願い」と頼んだ。

「じゃあちょっとここで待ってて」

コンビニに行くとアイスは残り一つだった。レジで会計を済ませていると、突如ガシャンという何かが倒れる音がした。まさかと思って外に飛び出ると、ローズは車椅子に乗ったまま倒れていた。急いで駆け寄ると意識はなく、顔は真っ青だった。

「ローズ、しっかり！　しっかりして！」

何度一生懸命声をかけてもローズは反応しなかった。少しだけ残っていた冷たいコーヒーが二つ、道路に転がっていた。

6　蟬の抜け殻

「軽い失神なので、意識はすぐに戻ると思います。ただ本人が希望しても、いいえ、よっぽど希望しない限りは、あまり無理させないでください」

ローズはなんとか一命はとりとめた。しかしその医師の様子から、残された時間はあと少ししかないとレイジは痛感させられた。

もとから妖怪《ようかい》のようなところもあったし、どこかで不死身なように思っていた。自ら死をネタにするような人間こそ長生きしがちだったりもする。しかし倒れたローズを見た時、本当に死んでしまうかもしれないと思った。病室に横たわる彼は妖怪でもなんでもなく、死に瀕《ひん》した一人の老人でしかなかった。

救急室を後にし、ロビーを通って望美のいる病棟に向かった。途中、病院内に併設された花屋が店を閉めようとしているのが目に入った。時計を見ると時刻はちょうど午後七時で、考える前に足が向いていた。

駆け寄って「すいません、まだお願いできますか？」とレイジが尋ねると、店員の女性は少し渋った仕草をしたものの「特別にいいですよ」と言ってくれた。

ローズのことで気が沈んでいたせいもあっただろう。望美の笑顔を見て少しでも元気になりたかった。

「三千円くらいの花束で」

「お色みは？」

「女性が喜びそうな感じでお願いします」

「どんな花束でも女性は喜びますよ」

出来上がったのは黄色いバラを基調にピンクのカーネーションや白いクレマチスが合わさったもので、望美にぴったりの花束だった。

「きっと喜んでくださいますよ」

その言葉を胸に、レイジは望美の病室の扉を開いた。しかしそこに望美の喜ぶ顔はなかった。

まだ就寝時間でもないのに部屋は暗く、すすり泣く声が室内に響いていた。電気を点《つ》けると望美はベッドの上にうずくまり、顔を押さえている。

「望美、どうした」

花束をテーブルに置いて望美にそっと近づく。震える肩に手を置くと、身体はとても熱かった。隣に腰掛けて抱きしめると、望美はレイジに身を委《ゆだ》ねた。すすり泣きは徐々に嗚咽《おえつ》へと変わっていく。

「私、母親になれない」

声にならない声で、彼女は弱々しくそう言った。

「大丈夫だよ、君は立派な母親になれるよ」

何が起きているのか把握できないまま、レイジはひとまず声を掛けた。しかし彼女の嗚咽は一層激しくなっていく。

「ダメなの、自信がないの」

とにかく彼女を安心させようと、望美の髪を優しく撫《な》でた。けれど彼女の感情は少しも穏やかにならなかった。

「どうして、どうして、私が母親になるの」

「子供が君を選んだんだよ」

「おかしいよ、そんなのおかしい」

腋《わき》から一筋の汗が垂れていくのを感じた。

彼女の真意が一体何なのか探りながら、レイジは宥《なだ》めるように話しかけた。

「今までお母さんになれるって喜んでいたじゃないか」

「無理してたの、でももうダメ。事故に遭ってから、子供を産むのが不安で不安で仕方ないの」

彼女の体温はさらに高くなっていく。

レイジは望美の頭に唇をつけながら、どういう言葉を掛けるのが正解か考える。そして「何も怖がるようなことはないよ」と言おうとした瞬間、彼女はレイジの肩を両手で押して突き放した。そして望美はよろよろと立ちあがり、レイジに背を向けたまま話を始めた。

「あの日、事故の日、あなたを信用して運転を替わってもらっていれば事故には遭わなかった。夫も信頼出来てないのよ、私は。母になる資格なんてどこにあるの」

顔を見て話さなければ、とレイジも立ち上がって彼女の正面に回り込んだ。

「僕が運転していても事故に遭っていたかもしれないよ。起きたことは仕方ないだろ」

望美は垂れていた髪を掻《か》き上げて、レイジの目を見つめた。

「じゃあ産まれてきた子供が万が一事故で死んでも仕方ないってあなたは言えるの？そんな風に割り切れるの？」

ようやく見えた彼女の瞳《ひとみ》は真っ赤に充血していて、瞼《まぶた》は醜く腫《は》れ上がっている。その様にレイジは言葉を失ってしまった。生唾《なまつば》が口内に溜《た》まっていくが上手《うま》く飲み込むことが出来ない。

「あなたはいつもそう、最後は黙ってばかり、じゃあ私はどうしたらいいのよ。ねぇ、教えてよ！　ねぇ」

望美はレイジの胸元を何度も叩《たた》き、「もうなにもかもおしまいよ」と大声で叫んだ。初めはされるがままに立っていたが、途中で拳《こぶし》が鳩尾《みぞおち》に当たってスムーズに呼吸が出来なくなる。堪《こら》え兼ねたレイジは強引に彼女の両手を摑《つか》んで押さえつける。それでも望美は暴れ続けた。すると突然、電池が切れたようにおとなしくなった。レイジがそっと手を緩めるとそのままバタッと床にへたり込んでしまった。

「もう死んでしまいたいよ」

病室の窓に一人の男の姿が反射していた。肩は落ちていて、顔はひどく情けなく、これから父親になるような人間にはとても思えなかった。

「どうしました⁉」

担当の医師が騒ぎを聞きつけてやってきたが、その頃にはすでに二人は憔悴《しょうすい》しきっていた。

望美のケアを看護師に任せ、レイジは医師と二人きりでたった今起きた出来事を話した。

「いわゆる鬱《うつ》の症状で、妊娠に伴ってホルモンバランスが崩れているのも影響していると思われますが、なにより事故が引き金になっているのは間違いないでしょう。薬物治療は胎児に影響があるかもしれませんので、カウンセリングで様子を見ていくしかありません。こういった時一番頼りになるのは、医者でなく夫であるレイジさんです。互いに信頼し合えるようゆっくりと話して、夫婦関係を見つめ直してはいかがですか」

夫婦関係を見つめ直す。

「タイミングをみて散歩に誘ってみてください。軽い運動は精神的に楽になりますし、母体にとってもいいことですから」

病室に戻ると、あれほど暴れていた望美は小さく口を開けておとなしく眠っていた。それは事故以前と何も変わらない、見慣れたいつもの寝顔だった。

彼女のお腹に触れると、奥からぽこぽこと弾《はじ》かれるような感覚がした。レイジがとんとんと指先で返すと、またぽこぽこと反応するので思わず頬が緩む。けれど一方で、視界はどんどん滲《にじ》んでいった。

涙を拭《ぬぐ》い、テーブルに置かれたままだった花束を手に取る。水切りをしてから花瓶に移し、飾るのに最適な場所を探した。

その時、再び窓に映る男と目が合った。ぼんやりと窓に浮かぶ男は先ほどと変わらず、だらしなかった。

男の子だったら野球を教えてやろう。いや、サッカーの方がいいのかもしれない。女の子だったらおままごとにも付き合ってあげよう。アニメはあまり得意ではないけれど、子供が好きならプリキュアだって一緒に観てあげよう。

レイジはつい最近まで、そんなことばかり夢想していた。もし産まれなかったら、という想像は微塵《みじん》もしていなかった。

「こんなはずじゃなかった」と窓に映る男がレイジを責めるようにそう呟《つぶや》いた。

視界がまた霞《かす》んでいくのでレイジは強く目を瞑《つむ》った。

以前と変わらぬ想像をあえてもう一度してみる。

――男の子だったら野球を教えてやろう。女の子だったらおままごとにも付き合ってあげよう。プリキュアだって――

それから思い切り目を開いた。そして一度自分の頰を叩いて、窓を見る。

窓の男は先ほどとは違い、レイジを強く睨《にら》んでいた。心なしか勇ましくも思える。

レイジはカーテンをぴしゃりと閉め、枕元に花を飾った。そして静かに眠る望美の髪をもう一度優しく撫でた。

＊

「レイジくん、ここ、もっともっと気持ち込めて言ってもらえるかな」

優しく言ってはいるものの、五度のリテイクにＡＤは明らかに苛立《いらだ》っていた。

「もっと、なんていうか、純粋に、心の底から、質問する感じで。お願いね」

「すいません」

「よ〜い、スタート」


どうして人は死んじゃうの？


レイジは一生懸命セリフを言ってみたけれどスタッフ達は皆難しい顔をしていて、監督は力なく「おっけー」と渋々言った。お芝居をしていてそんな空気になったのは初めてだったので、レイジは心苦しかった。

「すいませんでした」

レイジが頭を下げてそう言うと、世々子だけが「気にしなくていいよ」と言ってくれた。

楽屋に帰ると、小百合が心配そうにレイジを見つめた。

「どうしたの？　体調でも悪い？」

「大丈夫だよ」

「だって、様子が変だったわよ。硬いっていうか、なにか考え事してるみたい」

上手く出来ていないのはレイジも分かっていた。ただ、言われた通りに気持ちを込めれば込めるほど、「どうして人は死んじゃうの？」と考えれば考えるほど、口から出たセリフの印象は、周りが求めているものとは違っているようだった。

「何かあったら、ちゃんとお母さんに相談してね」

「うん」

「今日も遅くなるからね」

「うん」

母が遅くなる日は、仕事が終わってそのまま宮下公園に向かうのがすっかり習慣になっていた。梅雨が明けた渋谷は日に日に蒸し暑くなり、すれ違う人達はどことなく浮ついていた。Tシャツ短パンの格好でも身体中から汗が噴き出るけれど、学校が夏休みに入ったおかげでランドセルがいらないのは楽だった。

宮下公園に入るとあちこちから蚊取り線香の匂いがした。蟬の鳴き声を浴びながら奥へ進むと、徳さんはビニール袋に入った空き缶を積み上げていた。徳さんはレイジに気づかず作業を続けていたので、椅子の上に重ねられたどこかで拾ってきたのであろう漫画週刊誌を読んで終わるのを待った。

「いつからいた？」

ホラー要素のある漫画を読んでいたので、すっかりのめり込んでいたレイジは徳さんの声に思わず「うわぁ！」と驚いてしまった。

「面白いだろ、その漫画」

「ちょっと怖い」

それは左手が鬼の手になっている教師が次々と妖怪《ようかい》を退治するという物語で、クラスメイトがその主人公の決まり文句を真似しているのを見たことがあったけれど、実際に漫画を読んだのは初めてだった。

「まぁ俺は両方とも神の手だがな」

徳さんは得意げに手のひらを見せた。この時になって気づいたのだけれど、徳さんはマジックをする時以外は常に軍手をしていた。漫画の主人公も妖怪退治の時以外は革の手袋をはめているという設定なので、なんだか徳さんと主人公が被《かぶ》っているように思えた。

「なんでいっつも軍手してんの？」

「その漫画と一緒だ。パワーを封印してるんだな」

レイジはブーンという羽音に反射的に手を叩《たた》いた。開くと手のひらで蚊が一匹潰《つぶ》れていた。手を擦《こす》り合わせるとぱらぱらと蚊の死骸《しがい》が落ちていった。

「この時季は蚊が多くてホント困るなぁ」

そう言いながら地面に置いていた蚊取り線香を持ち上げると、緑だった部分は全て灰色になっていた。徳さんが新しい蚊取り線香を渡すので、レイジは何も言わずにそれをセットし始めた。

徳さんは何気なくテーブルのそばにある一本の木に目をやった。そこには蟬の抜け殻が一つ引っかかっていて、そっとそれを摑《つか》んでテーブルの上に載せた。

「アブラゼミだな」

今にも動き出しそうなほど傷のない綺麗《きれい》な抜け殻で、まるで時が止まったみたいだった。

「神秘だよなぁ。こんなかに蟬が入ってたんだぞ。それが、まったく別の生き物になっちまうんだからな。まるでよぉ、魂抜かれちまったみたいじゃねぇか」

緩やかな風が流れ、蟬の抜け殻はまるで動く歩道に乗せられたようにテーブルの上でスライドした。

「レイジよぉ、人の魂の重さを知ってるか」

レイジは蚊取り線香を線香立てに突き刺しながら、「それ、なぞなぞ？」と首を傾げた。

「違うよ、本当の話だ」

「魂に重さなんかないよ」

徳さんは得意げな笑みを浮かべ、「あるんだよ」と言った。横滑りしていた抜け殻は止まり、ぱたりと倒れた。

「二十一グラムなんだ」

渦の先に火を点《つ》けると、線香独特の匂いが鼻をつく。

「今から百年くらい前にダンカンっていうアメリカの医者が実験したんだ。人と犬を使って死に際の体重変化を調べた結果、犬はほぼ変わらなかったが人間は二十一グラム軽くなったんだとよ」

「どうやって量るの？」

徳さんは少し困った顔で、「そういうのは分からないけどな」と言いながら抜け殻を触った。

「確かに信憑性《しんぴょうせい》はないさ。ただなぁ、魂に重さがあるって、なんかいいじゃねぇか」

線香から伸びる煙を見ながら、レイジは人から魂の抜けていく様子を想像してみた。胸のあたりからぼわっと小さな青い炎が現れ、それが徐々に浮かび上がっていく。メラメラと辺りを微《かす》かに照らしながら浮遊するその物体が二十一グラムというのは、軽いのか重いのか、レイジにはよく分からなかった。

「でも俺はよぉ、二十一グラムってのは軽いと思うんだよ。というよりな、死ぬ時の魂の重さが二十一グラムってだけで、本当はもっと重いような気がするんだ」

「じゃあ、生きている間に魂はどんどん軽くなっていくってこと？」

「あぁ。魂ってのは燃料なのよ。長い人生の中でちょっとずつ燃やして、使い切った最後の燃えかすが二十一グラム。だから魂あんまり燃やせてないやつは、死に際ももっと重いんじゃねぇのかな」

レイジが線香に息を吹きかけると、先が蛍のように赤く灯《とも》った。

「じゃあ燃やさなかったら長生きするの」

「お前はつまんねぇやつだな。短くても燃え尽きる人生を送れって話だ」

風が吹くと煙がふらりと揺れ、流されていった。

「徳さんはロマンチストだね」

「お前にはまだ一キロくらいあるんだろうな、魂の重さ。だからお前もよ」

徳さんは自分の左胸をとんとんと叩いて、指先を擦り合わせ、そして手を開いた。それは「魂を燃やせよ」というジェスチャーのようだった。

そういう臭くてださいことを徳さんは時々やった。それでもなぜか様になっているように思えたのは、徳さんがマジックの度にするわざとらしいアクションを見慣れていたからだった。

「おつかれさまです」

現れたのは作業服を着た徳さんと同い年くらいの爽《さわ》やかな男性だった。徳さんはいつも通りといった具合で「おぉユウキさん」と返し、それから男はレイジにも「こんにちは」と挨拶《あいさつ》をした。

「こんにちは」

　ユウキは夏にもかかわらず涼しげで、不自然なほど清潔感があった。積まれた空き缶や空き瓶、廃品などを見回し、「今日も大漁ですね」とユウキは嬉《うれ》しげに言った。

「いつも悪いね」

「いいえ。徳さんこそ、いつもよくこんなに集めますよ」

　それから空き缶の重さを量ったり、廃品の故障の具合などを確認し、それから何往復もかけて全てを回収した。

「おつかれさま」

　徳さんが声をかけると、ユウキはにっこり笑って「とりあえずこれ前回の約束分です」と封筒を渡した。

「例の件、おかげで犯人捕まりました。ありがとうございました」

「いいってことよ。それよりまた出世したんだって？」

「全部徳さんのおかげですよ」

「そのうち人気者になって、最終的に選挙とか出ちゃったりするんじゃないのぉ？」

「そんなことあるわけないじゃないですかぁ。僕は政治なんかこれっぽっちも興味ないですよ」

「まぁ、その時も仲良くしてくださいな、先輩」

徳さんが媚《こ》びるようにそう言うと、「だからないですって」とユウキは軽やかに返した。二人のめんどくさい会話に飽きてしまい、レイジは蟬の抜け殻をロウソクに引っ掛けたりして遊んでいた。

「そんなことより、実はちょっと徳さん達にとってまずいことが起きてて……詳しいことは封筒の中に書いてありますから、それ読んでください」

「なんだよ、こわいなぁ」

「次は来週の水曜日に来ます。なにかあればその時に」

「おう、分かった」

次の予定へと急ぐように、ユウキは去っていった。

「今の、なんの人?」

「あれは私服警官だよ」

徳さんは「ホームレスが情報通ってのは物語の定石だろ」と言って封筒から何かを取り出した。それは帯のついた札束だった。

「持ちつ持たれつの関係なのよ」

徳さんは不敵に笑い、首もとをぽりぽりと掻《か》いた。よく見るとその部分が蚊に刺されて、ぷっくりと膨れていた。

「あれ、刺されちまったか」

それでも徳さんは軍手のままで首もとを掻いていた。

徳さんはてっきり貧乏だと思い込んでいた。けれど札束を持つ徳さんを目の当たりにして、少し悲しくなった。

「徳さん、マジックもできるしお金もあるんだから、別にホームレス『なんか』やらなくていいのに」と皮肉を込めて言った。

「ばかやろう俺は好きでやってんだ。ホームレスに誇りを持ってるんだよ」

レイジの抱いた不満はこれっぽっちも伝わらなかった。

私服警官が言っていた通り、封筒には他にメモ用紙が入っていて、徳さんはそれに目を通した。初めは流すように読んでいたが、不意に顔色が変わる。

「こいつはまずいな」

「どうしたの？」

徳さんはレイジにメモ用紙を渡した。

匿名でＪＡＮＩＳというショーパブが高校生を雇って不法営業しているとタレコミが入りました。警察で知ってるのは僕と電話に出たもう一人だけですが、既に渋谷再開発浄化作戦が始まっているので、このことが公になれば摘発せざるを得ません。

手紙の内容から彼はJANISについて見て見ぬふりをしてくれているだけで、もみ消すことはできないのだとレイジは察した。

「しつこくリークされると面倒なことになるかもしれねえなぁ」

「かといってどうしたらいいのかな」

「とりあえずローズんとこ行って、しばらく営業を停めさせねぇと」

二人が立ちあがった振動で、蚊取り線香の灰がほろりと落ちた。

JANISに着いたものの、「まだ営業前なので」と店員らは入店を拒んだ。それでも「急用なんだ」と徳さんが真剣な面持ちで食い下がると、緊急事態だと感じ取ったのかなんとか中へ入れてもらえた。螺旋《らせん》階段を下りて、受付の男にローズの居場所を尋ねる。

「そちらにいますが、まだ準備が――」

話を最後まで聞かずに「STAFF ONLY」と表示された部屋に入ると、中には無数の蛍光灯電球が輝いており、その眩《まぶ》しさにレイジは思わず目を閉じた。ゆっくりと目を開けるとドラッグクイーン達は電球で囲まれた鏡に向かって熱心にメイクをしている。正面には数えきれないほど派手な衣装がかかったラックがたくさんあって、まさにステージ女優の楽屋のようだった。香水の混じり合った匂いに立ちくらみしそうになる。

「あら、徳さんレイジちゃん、どうしたの？」

ローズはまだ右目だけしかメイクをしておらず、その中途半端な顔は妙におぞましかった。

「準備中に悪いが今日は店を休んだ方がいい」

徳さんがそう言うと、並んでメイクをしていたドラッグクイーン達が一斉に振り向く。

「どういうこと？」

徳さんはこれまでの事情を説明した。

「それはまずいわね」

「浄化作戦も始まって、取り締まりが厳しくなったからな」

レイジは渋谷再開発浄化作戦とは一体何なのか聞こうとしたが、二人がテンポよく話を進めてしまうので割り込むことができなかった。

「分かったわ。とりあえずしばらく臨時休業にするわ」

従業員達が「えー」と不満の声を漏らした。

「文句言うんじゃないの！　下手したら皆《みんな》ここで働けなくなるのよ！　それでもいいの⁉」

ローズらしくない強い語気に従業員らは皆身体をすくめた。

「とりあえず皆は近々来そうな常連さんに電話して、休業の旨を伝えて。おそらく一週間以上開けられないと思うから。いいわね」

揃って「はい」と返事をし、身支度を終えた人から順番に部屋を出ていった。三人だけになり、徳さんとレイジはさきほどまで従業員が座っていた鏡台の椅子にそれぞれ腰掛けた。

「でも誰が一体そんなことを」

「アイツじゃねぇのか。ほらマチルダの」

レイジが「ヒロ？」と名前を挙げると、徳さんが「そうそう」と頷《うなず》いた。

「ありえるわね」

ローズは足を組み直し、膝《ひざ》の上に肘《ひじ》をついた。

「従業員達はここがなくなったら困る子ばかりだから内部告発は考えにくいし、未《いま》だかつて常連が裏切ったこともないわ。最近恨みを買ったとすれば、あの人だけ」

ローズはじっと徳さんを見つめた。

「おいおい、俺のせいってか」

「そんなことないわ。徳さんがいなければもっと大変なことになっていたかもしれないし」

「マチルダに電話かけてみれば？」

「そうね」

ローズが電話をかけようと立ち上がった時、誰かが部屋の扉をノックした。返事をする前に扉は開き、男が一人駆け込んできた。

「ローズさん……ごめんなさい……ごめんなさい……」

このローズと同じ種類の人達は素顔と化粧後で全く違う人に見えるので、レイジは声と話し方で誰か判別するしかなかった。男性にしては甲高い声と少し早口なこの話し方から、彼はどうやらマチルダのようだった。

すっぴんのマチルダは想像していたよりも精悍《せいかん》な顔つきで、喋《しゃべ》らなければきっとモテるんだろうなとレイジは思った。

「ヒロが……JANISのこと警察にタレコんだって……」

マチルダは跪《ひざまず》いてローズに頭を下げた。

「本当に……すいません……アタシ本当に……」

「マチルダちゃん、大丈夫だから顔上げて」

ローズがゆっくりとマチルダを起こし、椅子に座らせた。顔は濡《ぬ》れ、目元は浮腫《むく》んでいる。

「何があったの？」

「ここでヒロと会ってから一度も連絡なくて、だからてっきり彼は諦《あきら》めたんだと思ってました……それで昨日、ジェームズが……アタシの恋人なんですけど……ジェームズが家に帰ってくると顔や身体が痣《あざ》だらけで……突然男に襲われて『マチルダと別れろ』って言われたって……それで頭にきてヒロに電話したら『俺とやり直さなきゃＪＡＮＩＳのことをリークしてやる』って言うんです……アタシは『アンタとやり直す気なんかこれっぽっちもないわ』って電話を切ったんですけど……さっき留守電に『リークした』って……まさかと思って来てみたら臨時休業になったって聞いて……アタシのせいですよね」

マチルダは話し終えると再び号泣し、両手で顔を覆った。

「誰にも相談できないし……警察だって男に男がつきまとってる事件なんてまともに取り合ってくれるわけもなくて……もうどうしたらいいのか」

「仕方ねぇクズやろうだなアイツは」

徳さんの膝は細かく上下していて、明らかに苛立《いらだ》っていた。

「よし、俺にいい考えがある」

ニヤニヤと笑みを浮かべながら、徳さんはある計画を企てた。

決行日当日。例年よりも激しいこの夏の猛暑は、ピークを迎えていた。

あれから二週間、徳さんが立てた逆襲のプランに皆大忙しだった。レイジは夏休みということもあって毎日のようにドラマの撮影が詰まっていたが、決行日は撮休と呼ばれるオフ日だった。

レイジがトクハウスに着いたのは午後七時で、ヒロとの待ち合わせは午後八時半だった。中を覗《のぞ》いたが誰もいなかった。勝手ではあったけれど、家の中でローズと徳さんを待つことにした。

家の中に入ったのは初めてだった。部屋はとてもホームレスのものとは思えないほど充実していた。電気はもちろん、テレビやベッド、冷蔵庫まであって、電源は屋外の発電機から確保しているようだった。その他にもレシーバーやよく分からない機械など、今回のために用意したらしい装置がいくつかあった。

「おう、来てたか」

夢中で部屋を観察していると、ようやく二人は現れた。

「準備はできた？」

「もちろん、ばっちりよ」

徳さんがおもむろにテレビの電源を点《つ》けると画面には砂嵐が映った。どうやら地上波は見られないらしい。徳さんがチャンネルを切り替えると砂嵐は消え、モニターには宮下公園の一角が映った。

「なにこれ」

「公園の管理室みたいなもんだな。俺は公園の平和をここで見守っているのさ」

ハンドルのようなリモコンを動かすと、画面はズームになったりワイドになったり、角度や向きを変えることもできた。

「ハイテクなのね」

スピーカーからは蟬の声が流れている。

「音も聞こえるよ？」

「あのベンチにマイクを仕込んでおいた」

徳さんはレシーバーで「皆、用意はいいか」と確認すると、「ばっちりだ」「楽しみだな」「緊張するぜ」などと割れた声がばらばらに返ってきた。

公園は待ち合わせをする人、通りすぎる人、ホームレスなどがいて、いつもと変わらぬ様子だった。

「それじゃあ、レイジちゃんも準備しましょうか」

そう言ってローズは持ってきていたメイクボックスを開き、レイジの顔を真っ白に塗っていった。肌が露出している腕や足も白くして、それから目元をアイシャドウで真っ黒にした。

完成したレイジを見て二人は「雰囲気あるねぇ」と頷いた。それからレイジは服を脱ぎ、ハーネスと呼ばれる用具に足を通して腰に巻きつけた。腕も通し数ヶ所をベルトで固定していくと、リュックサックを背負うような形になった。長さを調節してから再び服を着る。背中の部分を切っておかなければ留め具と繋《つな》ぐことができないので、仕方なく穴を空けた。

そんなことをしている間に待ち合わせ時刻の十五分前になり、テレビ画面にマチルダが現れた。夏の割には厚着で、全身が白でコーディネートされている。

ローズは徳さんからレシーバーを受け取り、ベンチに腰掛けたマチルダに話しかけた。

「マチルダちゃん、聞こえる？　聞こえたらピースして」

マチルダは太腿《ふともも》辺りでひっそりとピースをした。

「何かあったら、アナタへの指示はアタシがするからね」

今度は小さく頷く。

三人は画面に集中してヒロが来るのを待った。いつの間にか公園には人がいなくなっていた。

「ヤツがきた。ここからは公園内に関係者以外いれるなよ」

ヒロの姿を確認し、徳さんはレシーバーで見張り番に指示を出した。肩をそびやかす歩き方は前と変わっていない。白いタンクトップから突き出た両腕には龍の刺青《いれずみ》があり、筋肉は岩肌のように隆々としている。

「よぉ、マチルダ。こんなところに呼び出すってことはもちろんよ」

ヒロはかけていた色眼鏡を外し、「気が変わったってことやんなぁ」と嬉《うれ》しそうに歯を覗かせた。マチルダは隣に座ったヒロに甘えるようにもたれかかり、「アタシが間違っていたわ」と猫なで声を出した。

「考えてみれば、アナタほど私を思ってくれる人はいないって気づいたの。信じていたジェームズもあんな簡単にやられて。弱い男より強いアナタの方がいいわ」

ヒロは満足げで、腕を組みながら顔をにやつかせた。

「コイツってホント、バカなんだな」

「マチルダちゃんもマチルダちゃんよ、こんな男と一瞬でも交際するなんて」

徳さんとローズはまるでバラエティ番組を見るかのように、スナック菓子を頰張りながら画面に向かって言いたい放題話していた。

マチルダはどんどんヒロに身体を密着させる。ヒロも満更でもなさそうに、マチルダの肩に腕を回した。

「でもね、ヒロくん。アタシ、実はまだ、アナタに話してないことがあるの」

マチルダは神妙な顔でそう言った。

「金か？　そういうのは心配せんでええ」

「そうじゃないの。あのね、信じてもらえないと思うんだけど」

「じゃあなんや？　言ってみい」

「実はね」

気のせいかマチルダの顔は先ほどよりも青白く見える。

「アタシ、呪われてるの」

もったいぶった物言いに粒子の粗い画像が相まって、レイジは妙に寒気を感じた。

「はいはい、怖いでちゅねー」

まともに取り合おうとしないのは自然なことだろう。

「本当なのよ」

「幾らお盆やからって俺はそんなんでビビらへんよ」

「おじいちゃんの会社が倒産しかけた時、悪魔と契約したの、商売は盛り返したんだけれど、代わりに呪いを受けることになって」

ヒロは髪のない頭を擦《さす》り、面倒くさそうに聞いていた。

「それで三十歳を過ぎると悪魔が迎えに来るの……」

「そら大変やなぁ」

マチルダは不安げな瞳《ひとみ》でヒロに視線を投げかけ、「それが今日なの」と呟《つぶや》いた。ヒロは嘘くさいオカルト話に飽き飽きしていたが、マチルダのいじらしい様に再びにやにやとした表情を浮かべる。

「あの娘《こ》なかなか演技力あるわね」

「いや、今のところはもっと間を取らないと」

今度はドラマを見ているような反応でローズと徳さんが会話した。

「さて、いよいよ本番だな」

徳さんがレシーバーを握り直す。

「そろそろだぞ、皆」

「ラジャー」

マチルダは突然身体を起こし、「ほら聞こえるでしょう」と辺りを見回す。

「何も聞こえへんて」

「来るわ。お願い、ヒロくん守って」

マチルダはヒロにしがみついて怯《おび》えている。徳さんはタイミングを見計らって機械のボタンを押した。すると火花とともに植えられていた花が吹き飛んだ。

「ほら」

ヒロは一瞬面食らったものの、すぐに感心して「なんや、わざわざ俺のためにドッキリ仕掛けてくれたんかいな。嬉しいなぁ」とにっこりと歯を覗かせた。

またタイミング良く徳さんがボタンを押すと今度は反対側のベンチと横にあるゴミ箱から火花が散り、ゴミ箱からは煙が上がる。かと思うと爆発して、中身の雑誌や缶が高く飛び散った。

しかしヒロは顔色一つ変えなかった。

「おもろいのぉ」

全く信じる様子のないヒロに徳さんとローズは退屈していた。

「なかなかしぶといわね」

「まぁまだこれからだろう。レイジ、そろそろスタンバイだ。頼んだぞ」

「うん」

レイジはトクハウスを出て花壇の後ろにそっと向かう。立ち位置には木の棒が置かれていて、後ろにはまだ電気の点《つ》いていない照明機材が数灯据えられている。レイジがその場所に立ってヒロとマチルダの方を向いていると、誰かがやってきて背中に留め具を装着した。

マチルダとヒロは話し合っていてこっちには気づいていない。じっとしながら照明が点くのを待った。

「俺にはそういう子供騙《だま》しは通じへんで」

「本当なのよ！　信じて」

ついに照明が点く。レイジは背中に光を浴びながら彼らを見つめた。

「ほらぁ！　あそこ！」

マチルダはレイジを指差し、恐怖で戦《おのの》いた表情を浮かべた。ヒロは眩《まぶ》しそうに目を細めたが、すぐに前屈《まえかが》みになってレイジの方を覗《のぞ》き込んだ。

レイジは身体の力を抜いて集中し、役に成りきった。花壇に設置されたスピーカーからおどろおどろおどろしい声が流れる。

「マチルダ。契約の時が来た。汝《なんじ》の肉体はルシファーに捧《ささ》げられ、魂は地獄に迎えられる。さぁ共に行こうじゃないか」

レイジは声に合わせてゆっくりと手を動かした。

スピーカーから聞こえるこの声はローズが事前にテープに吹き込んだものだった。世界観がめちゃくちゃだなぁとレイジは思うけれど、仕方なく悪魔をイメージしてそれに成りきった。

「いやよ！　アタシは彼といるんだから」

マチルダの熱演にレイジは思わず吹き出しそうになる。ヒロは半信半疑ながらも「っせやでぇ！」とマチルダのトーンに合わせて威勢よく声を発した。

「そんなことは許されぬ。汝の運命は既に決まっているのだ、さぁ、こっちに来い」

両手を広げるとレイジの身体が徐々に宙に浮いていった。ヒロは一瞬面食らった顔をしたが、この茶番にしびれを切らしたらしく、立ち上がってレイジの方へと向かってきた。

「あぁん？　っつーか、なんなんだこれよぉ！　ふざけんのもいい加減にせえへんと――」

レイジは二人を見下ろしながら手を大きく振った。すると公園中のありとあらゆる場所から激しく火花が散る。木々の枝。植え込みや砂場。鉄柵《てつさく》。ベンチ。捨てられた自転車。まるで公園そのものが怒ったかのように荒々しく発光し、その度にバチバチとうるさい音が鳴った。カラスや蝉が空を飛び回り、驚いたヒロは瞬発的に身体を屈めた。

「何やってるんだお前ら！」

一人のホームレスが喚《わめ》き散らしながら二人のところへやってきた。手にはバットを持っている。

「ここは俺らの住宅街なんだ！　さっきからうるせぇ声出しやがって。花火で遊ぶんならよそで――」

突如男の胸元が爆発し、男は言葉を失ったまま地面にばたんと倒れこんだ。爆発した胸から血が大量に流れている。男は白目をむいて、まるで水から揚げられた魚のようにひくひくと痙攣《けいれん》していた。手から離れたバットが虚《むな》しく転がっていく。

「これでもふざけているように見えるか」

ヒロは思わず腰を抜かした。顔面は蒼白《そうはく》で、今にも発狂しそうだった。

「汝にマチルダを守ることは出来ぬ。さぁマチルダ、こっちへ来なさい」

レイジが両手を広げるとマチルダはレイジのもとへと引き寄せられていく。ヒロは未《いま》だ地面にお尻《しり》をついている。

「いやよ、アタシは絶対に行かない！　この世界で生きるんだから！」

抵抗するマチルダは最後の力を振り絞って地面を強く踏みしめ、転がっていたバットを手に取って構えた。

「仕方ない、ならば汝ともここでおさらばだ」

レイジが両手を捻《ひね》って絞る仕草をすると、マチルダは「うっ」と声を漏らし、バットを落とした。そして何かに縛られたように身体を縮めていく。

「魂だけは頂いていくぞ」

「……ヒロくん……たす……けて……」

マチルダは顎《あご》を上に向けて苦しそうにそう言った。焦ったヒロが駆け寄ろうとした瞬間、マチルダの額から血の汗が滴る。

胸や背中、下半身からも血が滲《にじ》み、白い服はみるみる赤く染まっていく。それに伴ってマチルダの生気も失われ、もはや虫の息だった。

レイジが手の力を弱めるとマチルダは虚脱してその場に倒れ込んだ。

「ヒロくん、一緒になれなくてごめんね……」

「大丈夫や！　マチルダ！　お前は死なへん！」

ヒロはマチルダを抱きかかえて意識が遠のかないよう彼女の身体を揺らした。強《こわ》ばった頬を涙が伝う。ヒロはすっかり騙《だま》されていて、レイジはまたしても笑いを堪《こら》えるのに必死だった。

「ありがと、ヒロくん」

死別のシーンで役者がそうするように、マチルダは瞳を閉じて首をくたりと折った。

ヒロの叫び声が宮下公園にこだまする。そして凄《すさ》まじい形相でレイジを睨《にら》んだ。瞳は血走り、身体中が小刻みに震えている。バットを杖《つえ》にして立ち上がると、ヒロはまさしく鬼のような体勢でレイジのもとへ向かっていった。

「いけぇエエエエ！」

レイジがスピーカーの声に合わせてヒロを指差すと、茂みからお面をつけたホームレス達が現れた。亡霊のように這《は》い出た彼らは数えきれないほどの人数で、皆角材や枝、石などを持って武装している。

「なんやねんお前ら！」

ホームレスらは一斉に襲いかかり、そのどさくさに紛れてレイジはトクハウスへと戻った。徳さんとローズはモニターではなく、さっきまで塞《ふさ》がれていた窓から外の様子を窺《うかが》っていた。

「おうレイジ、おつかれさん。お前もこっちきて見ろ。ここからは生で見た方が面白いぞ」

ヒロはバットで迎撃するものの、この大人数にかなり手こずっていた。とはいえ喧《けん》嘩《か》慣れしているヒロに敵《かな》うわけもなく、時間が経つに連れて一人、また一人とホームレスはやられていった。

「そろそろだ。頼んだぞ」

徳さんがまた誰かにレシーバーで連絡すると、「はい」とキレのいい返事が戻ってくる。

次第に闘える状態のホームレスが減っていき、やがて一人になってしまった。彼は角材を握っているものの、とても戦力にはならなそうだった。

「俺と闘おうなんざ百万年早いわい」

悲鳴を上げる彼にヒロがバットを振り下ろそうとした瞬間、「そこまでだ！」と何者かが止めに入った。

「あぁん？　邪魔すんじゃねえ！」

「お前を暴行罪の容疑で現行犯逮捕する」

「え？」

止めに入ったのは一人の警察官だった。

「あぁ……え!?　いやこれはちゃうんやて！」

　どれだけ弁明しても警官は聞く耳を持たない。ヒロはついにバットを捨てて逃げようとするが、別の警官がやってきて挟み撃ちにあった。そしてそこかしこからぞろぞろと青い制服の男達が現れてくる。

　追い込まれてもなおじたばたするが、屈強な警官達の前ではどうすることもできず、瞬く間にヒロは手錠をかけられてしまった。

「ちょっと待てや！　これは全部幽霊の仕業やねんって」

「何わけ分かんないこと言ってんだ」

「ほんまやって！　そこに死体が二つあるやろ……あれ!?」

　マチルダの死体はそこにはなく、殺されたはずのホームレスは何事もなかったようにベンチに座っていた。

「お前人を殺したのか！」

「ちゃう！　ちゃうねんって！」

　余計なことを言ったことでヒロはあらぬ疑いまでかけられ、「詳しいことは署で聞く」と問答無用で連行されていった。

「コイツらも捕まえるぞ」

　警官の一人がそう指示すると、ヒロにやられたホームレス達はすぐに起き上がって自ら腕を差し出した。遅れて殺されたはずのホームレスもやってくる。どことなく皆嬉《うれ》しそうだった。

彼らが全員連行されると、騒がしかった宮下公園はいつもの様相を取り戻した。

「さて、俺らも外に出ますかね」

三人が外に出て深呼吸していると「ありがとうございました」と後ろから声をかけられた。振り向くと顔が血で染まったマチルダがいてローズは思わず絶叫した。

「ちょっと、心臓によくないわよ」

「すいません」

マチルダは慌ててハンカチで顔を拭《ふ》きながらオープンテラスに腰掛けた。続いて三人も座り、徳さんはロウソクに火を点《つ》けながら、「それにしても上手《うま》くいってよかったなぁ」と安堵《あんど》の溜《た》め息をついた。

「アイツの怯《おび》えた顔見てアタシ、すっごく清々しました。皆さんのおかげです」

「無事でなによりよ」

三人がレイジの顔を見て笑ったので、自分もまだ化粧をしたままだったことに気づいた。徳さんが濡《ぬ》れたタオルを渡してくれたので、レイジはごしごしと顔を擦《こす》った。

「レイジちゃんの悪魔もとってても迫力があったよ」

「さすがって感じだったわね」

　二人が好奇の目で見てくるので、レイジは決まりが悪かった。

「にしても、ここまで派手にする必要ってあったのかな」

　レイジは素朴な疑問を投げかけた。

「もっとシンプルに、ホームレスの人達と喧嘩してるところを警察に捕まえてもらえばよかったんじゃないの？」

　徳さんは舌打ちをして「お前まだ機械みたいなこと言ってんのか」とレイジを一喝した。

「エンターテイメントしようぜ。観客を楽しませてあげないと」

「観客って誰よ」

「ヒロくんに決まってんだろ」

　徳さんはそう言って自分で笑い始めた。

「おつかれさまです」

　一人の警察官が戻ってきた。その声にはどこかで聞き覚えがあった。帽子を脱ぐと、それは前に徳さんと話していたあのユウキという私服警官だった。

「ありがとなぁ。協力してくれて」

「いえいえ。調べたところ、アイツまだ執行猶予中だったんで、しばらく出てこられなそうですね」

マチルダは気まずそうに俯《うつむ》いていた。

「取り調べは自分がやるんで、ＪＡＮＩＳのことは伏せておきますね」

「何から何までありがとうございます」

ローズとマチルダは深々とお辞儀をした。

「いえ、自分にはこれくらいしか出来ないんで」

「ちょっと公園荒らしちゃったからさ、都合が悪いことは全部俺の仲間のせいにしてくれよ。あいつらなら喜んで容疑を認めるからな」

「分かってますけど……あの人数じゃ、すぐ釈放になるかもしれませんよ」

「なるべく長く入れてやってよ。今年は暑いからさ」

どうしてホームレスが嬉しそうだったか理解できた。この猛暑ならば、風通しの悪いブルーシートよりも冷ややかな留置場の方が過ごしやすく食事の心配をすることもない。夏は飯が腐りやすくて困ると言っていたのは徳さんだった。彼らからすればただでホテルに泊まるような感覚でしかないのだった。

徳さんはポケットから封筒を取り出し、それをユウキに渡した。

「ほらよ」

「ありがとうございます」

「こちらこそ」

封筒を受け取ると、「じゃあ、自分はこれで」と会釈をしてユウキは帰っていった。

「今の何？」

ローズは封筒の中身を知らないらしく、徳さんは「今回の証拠とか進行の流れとかそういうメモだよ」と曖昧《あいまい》な嘘をついた。それからレイジを見て「これは秘密だぞ」という意味でウィンクをした。レイジは「分かったよ」と大きく瞬きをして頷《うなず》いた。

「アタシもそろそろ行きます」

「出発はいつ？」

「来週です」

「そう。幸せになってね」

するとマチルダは突然顔を歪《ゆが》め、「ママぁ、今までありがとぉぉぉおお」とみっともない声を上げて大泣きしだした。

「ママがいなかったら今頃、アタシ……」

「いいのよいいのよ。アタシもアナタに出会えてよかったわ。あなたの幸せがアタシの幸せ」

「ママぁ」

マチルダの顔は酷《ひど》く不細工だった。けれどそれがむしろ感動的で、徳さんは何度か目元を拭《ぬぐ》っていた。

「さみしいぃよぉ。やっぱり私、ＪＡＮＩＳに残るぅ」

「何を言ってるの。せっかく摑《つか》んだ幸せを逃すバカがどこにいるのよ」

それから二人はハグをして、ローズはマチルダの頭を優しく撫《な》でた。マチルダは顔をローズの胸に埋《うず》めて、号泣する。

「ぁりがとぅ」

二人はしばらくそうして抱き合い、そしてローズは「もう行きなさい」とマチルダを強引に帰した。マチルダも振り切るように公園を後にした。

いつもの三人になると今日起きたことはすでに遠い過去の出来事のような気がした。けれどレイジの腕はまだぼんやり白くて、まだ終わったばかりなんだなと思い知らされる。

「なんだか眠くなっちまったなぁ」

そう言いながら徳さんはテーブルに突っ伏してしまった。するとローズも「アタシも」と言いながら同じ姿勢になる。そのうちに二人とも本当に眠ってしまい、交互に大胆ないびきをかいた。二人の寝顔を眺めていると、レイジの心はなぜか安らいでいった。それは初めて味わう不思議な気分だった。

二人が夏風邪を引くといけないので、トクハウスに入って何か布を探すことにした。バスタオルを二枚摑んで部屋を出ようとした時、テレビの上に置かれた徳さんの煙草が目につく。いけないとは思いつつもレイジはそれに手を伸ばす。バスタオルをそれぞれの背中にかけてから、レイジは徳さんの煙草を一本取り出した。ドキドキしながらそれを咥《くわ》え、先端をロウソクの火に近づけてそっと吸ってみる。勢いよく煙が入ってくると同時に、苦い味が口いっぱいに広がった。レイジは慣れないその感覚にむせてしまい、うっかり煙草を落としてしまった。火のついた煙草を踏みつけ、どうにか呼吸を落ち着かせる。

徳さんが美味《うま》い美味いと日頃から言っている煙草は、びっくりするほどまずかった。けれど口内に残った徳さんの香りは心地よくて、レイジはほんの少しだけ大人になれた気がした。

7　屋根まで飛んで　はじけて消えた

「ねぇ、海月《くらげ》って、天使のくしゃみみたいじゃない？」

望美は昔から詩人のようなフレーズを口にすることがあった。

水槽の青白い光が望美の微笑んだ顔を照らす。

毎日の散歩を日課にしてから望美の具合はなんとか良くなった。初めはなかなか歩きたがらず病院の近所を軽く回る程度だったけれど、レイジが根気強く誘うと徐々に散歩の時間を楽しみにするようになっていった。一週間ほど経って望美が自分から行きたいと言った場所は水族館だった。外出届を出してタクシーで都内の水族館に足を運ぶと、平日ということもあってか思いのほか空《す》いていた。

優雅に泳ぐ魚達を望美は嬉《うれ》しそうに眺めた。写真に収めたりしながら、二人は手を繋《つな》いでゆっくりと歩いた。

「そろそろ座ろうか」

無理して歩き続けると腰を痛めてしまうと医師から忠告されていたので、レイジは忠実《まめ》に休憩を挟むよう心がけていた。

目の前には映画館のスクリーンほどの巨大な水槽があって、イワシの群れやカツオ、サメやマグロやウミガメがそれぞれの世界を持って活動していた。宇宙を思わせるその光景に見とれながら、望美は「ねぇ、どうしていろんな魚が一つの水槽で飼えると思う？」とレイジに言った。

「どういう意味？」

「だって、サメが他の魚食べちゃいそうでしょ？　なのにどうして一つの水槽でいろんな魚が飼えるのでしょうか」

クイズ番組の出題者さながらの口調で話すので、望美は答えを知っているらしかった。

「さぁ、見当もつかないよ」

「正解言っていい？」

レイジが頷くと望美はいじらしく笑った。

「順番なんだって」

「順番？」

「水槽に魚を入れていく順番。強い魚、例えばサメとかから先に入れちゃうと全部食べられちゃうけど、一番弱いイワシみたいなのから順番に魚を入れて、最後にサメを放すと何もしないんだって」

「アウェーだから？」

「そうらしいよ。もともとは彼らの縄張りだから大人しくしてるんだって」

「へぇー、水槽の秩序がそうやって守られてるとはね」

レイジは素直に感心した。改めて水槽を眺めると、世界はそんな風にできているのかもしれないな、と妙に納得してしまった。宇宙を想像したのもあながち間違っていなかった。

「もともと水族館で働いてたっていう看護師さんに聞いたの。面白いでしょ」

「うん、人に言いたくなる話だね」

再び歩き進めると、マンボウが間抜けな顔をして泳いでる。

「マンボウって繊細すぎてすぐ死んじゃうんだって。朝日が強すぎて死んじゃったり、仲間が死んだショックで死んじゃったり。可愛すぎるよね」

望美がまた看護師から聞いた雑学を披露する中、レイジはタイミングを逃していた金魚の件をおそるおそる報告した。

「今更なんだけど、俺が退院して帰ったらさ。金魚、死んじゃってたんだ」

「そう。身代わりになってくれたのかもね」

レイジが思ったのと同じことを言ってくれたので安心した。

「大丈夫?」

「何が?」

適切な言葉を逡巡《しゅんじゅん》しているうちに、望美はレイジが何を言いたいのか悟ってくれた。

「ごめんね。私、バカだったよね」

照明の光は水に揺らされ、波を打っている。

「自分でも分からないの、どうしてあんなこと言ったり、したりしたのか。でもどうしようもできなくて」

遠足で来た子供達が「あっちにペンギンがいるよ」と言いながら駆けていく。

「俺にあたるのはいいんだよ」

レイジは望美の手を強く握った。

「一緒に親になっていこうよ。焦らずゆっくりさ」

望美は何も言わず、手を握り返した。

トンネル型になった水槽を潜っていくと、天井を魚が行ったり来たりしていて、

「エイの裏って間抜けだよね」とお決まりの会話をした。

アシカショーを観て、帰り際に水族館のグッズを売っている店に寄った。所狭しと様々なお土産が並んでいる中、一角に大きなダンゴムシのような生き物のぬいぐるみがあった。その手前には「大人気! ダイオウグソクムシ!」という手書きのポップ

が置かれている。望美はそのラグビーボールほどの大きさがあるぬいぐるみを手に取り、「なにこれ！　チョー気持ち悪いね！」と嬉しそうに言った。「なんでこんなのが人気あるんだろう」や「今の日本についていけない」などと立て続けにそのぬいぐるみを侮辱したが、しばらくして「でもなんか可愛く思えてきた」と真顔でそれを抱きしめた。望美がそれを持ってレジに向かったので「え、買うの？」と尋ねると「うん」と彼女は返事をした。仕方なくレイジは財布を取り出し、そのダイオウグソクムシのぬいぐるみと、以前から欲しかった深海魚の図鑑を買った。

店を出て二人はタクシー乗り場へ向かった。望美は車に乗ることに少し怖がって躊《ちゅう》躇《ちょ》していたけれど、人混みや階段の上り下りの多い電車移動も危険に思えた。レイジは運転手に「安全運転でお願いします」と念を押して、目的地を伝えた。

望美はタクシーに乗るとすぐに寝てしまった。少しはしゃぎ過ぎたのだろう。買ったばかりのぬいぐるみを抱え、軽くいびきを立てながら気持ち良さそうに眠っていた。

赤ちゃんは、まさかお母さんのお腹の向こう側にこんな気持ち悪いぬいぐるみがあると思ってないだろう。ダイオウグソクムシと向かい合う胎児を想像したら、なんだか可笑《おか》しかった。

＊

二学期が始まると、レイジは登校前に宮下公園に寄るようになった。仕事の影響でもともと遅刻早退が多かったので、無断で遅刻しても母にばれさえしなければ先生達が咎《とが》めることはなかった。

九月になっても残暑は厳しく、徳さんは「俺も逮捕してもらえばよかったなぁ」とことあるごとに言っていた。

「でもよぉ、便所で飯食うのはよせよなぁ。俺が言うのもなんだけど、汚ぇぞ」

「別に汚くないよ、机で食べるのと一緒だよ」

「なんつーかよぉ、みっともないぞ」

「ホームレスに言われたくないって」

その日の昼休みは、誰もいない屋上で弁当を食べた。雲一つない空の下で食べる弁当は、太陽の味がする。美味《おい》しいというよりも元気になるといった感覚。眼下の校庭ではクラスメイトが楽しそうにドッジボールをしていた。ボールを当てた方も当てられた方も笑っているのだけれど、あのゲームの何が楽しいのかさっぱり分からなかった。温《ぬる》くて水っぽい米粒を頬張りながら、そういえばこの後の国語の時間までに、秋の季語で俳句を作るという宿題があったのを思い出した。小学生俳句大会に全校児童で投稿するらしく、必ず一人一句を提出しなければならなかった。

食べ終えた弁当箱をしまい、徳さんに教えてもらった手品を練習しながら、五七五を考える。トランプを一枚捲《めく》ったようにみせかけて二枚捲る。ひたすらこれを繰り返しながら、「秋の空」とか「秋風……」とかそれっぽい季語を思い浮かべた。誰もいない屋上に一人でいるとだんだんと自由な気分になってきて、スキップをしたり、「秋の空　赤い紅葉と　木のにおい」とかそれっぽい俳句を作って節をつけてみたりした。ばたんと寝転がると、背中にコンクリートの熱が伝わる。握っていたトランプを離すと、解《ほど》けて地面に散らばった。

目を瞑《つむ》っても太陽の光は瞼《まぶた》を透過して、眩《まぶ》しかった。

秋風に　蟬の抜け殻　さらわれて

「ちょっと大人っぽくて地味かなぁ」

独り言を呟《つぶや》くと、誰かの「いいと思うよ」という声が降り注いだ。すぐに瞼を透かして見える太陽の光が遮られたのでゆっくりと目を開けると、さくらが上からレイジを覗《のぞ》き込んでいた。さくらの手には小型のボトルのような物があった。

「宿題の俳句だよね？　いいと思う」

「さくらちゃんは、もう決めたの？」

「うん」

さくらは散らばったトランプを拾って重ね、レイジの横に体育座りした。

「どんなの？」

「いやだよ、恥ずかしいもん」

座るとさくらの長い髪は地面についてしまいそうになり、毛を束ねてくるくると手で巻いた。

「お兄ちゃん、サインすごく喜んでたよ。ありがとね」

「よかったね」

手にしていたボトルのキャップを外すと枠のようなものが一体となっていて、吹くと一面に柔らかな球体が広がった。オーロラのような色彩が表面を覆い、シャボン玉が幻想的に浮遊していく。舞い上がっていく途中でパチンと割れてしまうと、レイジの顔に液体がかかった。

「やる？」

さくらはそう言ってシャボン液のついた枠をレイジの口元に差し出した。そっと息を吹きかけると、いくつもの小さなシャボン玉が連続で生まれていく。どんどん遠ざかるシャボン玉をレイジはじっと下から見つめていた。

「そろそろ授業始まっちゃうよ？」

「そうだね」

身体を起こしてさくらからトランプを受け取った。適当に束を切ってみると、だいぶ慣れたのか、スピーディーに手が動く。

「手品、練習してるの？」

「なんで？」

「だって、最近休み時間とかいつもカードいじってるから」

校庭ではしゃいでいた声が徐々に静まっていく。

「ねぇ、見せてよ」

レイジはまだ人前で披露したことがなかった。徳さんもローズもレイジが練習しているのを覗いていているだけだった。そもそもレイジは人に見せる前提で練習をしていなかった。徳さんのように器用にこなしてみたいだけで、言ってみればただの一人遊びだった。

「見せてくれたらさくらの俳句教えてもいいよ」

レイジが頷《うなず》いたのは決してさくらの俳句が知りたかったからではなかった。いつもレイジが「見せて」と言う側だったのに、初めて言われる側になれたからだった。それだけで徳さんに近づけた気がした。

「一枚引いて」

トランプの中からさくらが引いたカードはスペードの8だった。それをカードの山の適当な場所に戻す。それから一番上のカードを捲ってみるとハートの3が現れた。マジシャンらしく「1《ワン》、2《ツー》、3《スリー》」と合図してトランプをトンと叩《たた》く。捲ると、一番上のカードはスペードの8に変わっていた。

「なんで⁉」

続けてスペードの8をひっくり返し、山の中央あたりに差し込む。また合図をして一番上のカードを捲ると、スペードの8になっている。

「レイジくん、すごいよ！　どうなってるの？」

「一枚捲ったふりして二枚捲ってるんだよ」

「でも見てても全然分からないよ！　びっくりしちゃった」

興奮したさくらはレイジに近づいて顔を寄せた。近くで見ると、頬には細かいそばかすがちらほらあって、薄い黒目は底が見えるほど澄んだ海を思わせた。

「ねぇ、他のもできる？」

さくらがそう聞いたのと同時に、昼休みの終了を知らせるチャイムが鳴った。

「あぁ、昼休み終わっちゃったね。今度また見せてね」

「練習しとくよ」

「教室戻ろ」

腕を引っ張られると、手元が緩んで持っていたトランプを落としてしまった。風に飛ばされ、思いのほか広範囲に散らばってしまった。

「先行っていいよ」

「一緒に拾うよ」

それまでさほど親しくなかったのに、幼なじみのように振る舞ってくるさくらは新鮮だった。

その日以降、さくらはことあるごとにレイジに話しかけてきた。休み時間はもちろん登下校時にも「おはよう」とか「ばいばい」と挨拶《あいさつ》を欠かさずにするようになった。そんなさくらの影響からか、他のクラスメイトもレイジに話しかけてくるようになり、昼ご飯も自然に教室で食べるようになっていった。何度かドッジボールに誘われて参加したけれど、手品を求められて披露することの方が多かった。

さくらがレイジに気があるのは誰もが薄々感づいていたけれど、クラスのマドンナ的ポジションにいたさくらを誰も冷やかしたりはできなかった。

「ちょっと待てよレイジ。お前はどうなんだ」

「何が？」

レイジが学校で貰《もら》った月見団子をテーブルに置くと、徳さんは黙ってそれを食べた。

「さくらちゃんのことよ。好きなの？」

ローズは今はまっているという、オレンジとも紫とも言えない微妙な色をした野菜ジュースを二リットルのペットボトルで飲んでいた。

「自分が好きかどうかってどうやったら分かるの？」

「そりゃお前よぉ、気がついたらその娘《こ》をみちゃうとかなぁ、接吻《せっぷん》してぇなぁとかよ」

「接吻っていつの言葉よ。そうじゃないわよ、一緒にいない時にもつい考えてしまう。それが恋よ」

ローズはそのままボトルをマイクに見立てて、「恋する女は夢見たがりの～」と歌い始めた。気持ちよく美声で歌うローズをよそに「分かんないよ、さっぱり」とレイジは言った。

徳さんは新聞をぴしゃりとテーブルに置いて「うるせぇ」と言ったが、ローズはそのまま歌い続けた。

「まぁ、でもよ。ちょっとでもさくらちゃんが気になるんだったら、その気持ち、大事にしとけよ」

気になるというのもピンとこなかった。ただあの日、さくらと屋上で話してから学校での生活は激変した。一人の時間はほとんどなくなった。求めていたわけじゃないのに、嫌でもなかった。むしろ居心地はよかった。体育の時間にペアを組んでと言われても困ることはなかったし、休みが続くと今やっている授業の箇所を教えてくれたりする。

「徳さんは恋したことあるの？」

「当たり前だろぉ、何年生きてると思ってんだぁ？」

「どんな人だったの？」

「そりゃおめぇよ。とびきりの美人でよぉ、有名な歌手だったんだぜ。あんないい女はあとにも先にもアイツだけだったなぁ」

「その人とはどうなったの」

徳さんの表情が一瞬翳《かげ》ったのを、レイジは見逃さなかった。

あぁ　あなたに恋心ぬすまれて

「うるせぇんだよ」「なによ、アタシだっていい女じゃない」「あっちいけクソオカマ」

ローズはすっかり元気になっていた。JANISは無事再開、むしろあの一連の事件を風の噂で知った常連達は、JANISを応援しようと通う頻度が増え、結果的に平常時よりも売り上げが三十パーセントも上がったという。これは偏《ひとえ》にローズが築き上げてきた信頼の証《あかし》だった。

警察からの摘発がなかったのはやはりユウキが口裏を合わせてくれたからだった。徳さんによると、たとえ法に触れたとしても、路頭に迷った人を救うJANISのような場所は必要だと言っていたらしい。

「じゃあ、アタシそろそろ出勤するわね」

「僕ももう行かなきゃ」

「おう、二人ともお仕事頑張れよぉ」

これが三人でした最後の会話だった。

ドラマの撮影は佳境を迎えていた。

四月から半年間かけて放送されていたこのホームドラマは視聴率も絶好調で、社会現象にもなっていた。そのため急遽《きゅうきょ》十一月にスペシャル編の放送が決定、しかしキャスト陣のスケジュールに余裕はなく、撮影は毎日早朝から深夜までかかった。それでも過密なスケジュールは少しずつ後ろ倒しになっていた。小学生のレイジはスケジュールを優先的に配慮してもらっていたものの、他のキャストやスタッフ達の疲労は限界だった。なおかつこの日は、児童養護施設にいたレイジが他の子に暴行を加えて問題を起こし、世々子が助けに来るというシーンの撮影だった。現場は異様なまでに殺伐としていた。

「よーぃ　スタァァアト！」

姉が養子に行く複雑な想いをキャンバスにぶつけていた。

「何その絵」

そいつの馬鹿にした言い方が気に食わず、筆を洗うのに使っていた汚れた水を顔にぶっかけてやった。それからパレットの絵の具を顔一面に塗り付け、口の中に手を突っ込んで、髪の毛をひっぱった。そのうちに他の子供達が僕を引きはがし、今度は大人数で殴り返され、ヒートアップした彼らは笑いながら椅子や本をぶつけた。

養子縁組みの話をしていた姉が教室に戻ってきて、喧嘩《けんか》を止めに入る。そしていきなり頰を叩かれ「いい加減にしなさい」と怒鳴られた。姉は泣いている。

「あたし、やっぱり養子に行かない」

「いいんだよお姉ちゃん、僕が我慢すればいいいんだ、お姉ちゃんは幸せにならなきゃだめなんだ……」

「ハイ　カットォ　次アングル変えて今のところから行くよぉ！　スタート！」

「あたし、やっぱり養子に行かない」

「いいんだよお姉ちゃん、僕が我慢すればいいんだ、お姉ちゃんは幸せにならなきゃだめなんだ……」

姉に優しく抱きしめられると、涙が零《こぼ》れてしまう。

「ずっと一緒だよ」

姉の肩に顔を押し付けると涙はより溢《あふ》れた。

「ぁりがとぅ」

「……カット。ごめんレイジくん、あんまり顔を埋《うず》めないでくれるかな。カメラに顔映らなくなっちゃうからさ。あと、もう少し声張ってもらえると嬉《うれ》しいんだけど」

レイジは監督の注文を受け入れられなかった。

「今のじゃダメですか」

「いや、ダメじゃないんだけど、お願いできないかな」

「できればこうしたいんですけど」

監督は明らかに面倒くさそうな顔をした。

「んー、試しに違うのも撮ってみないかな」

「何度やってもこれしかできないです。絶対こっちの方がいいはずです」

「どうして？　何にそんなにこだわってるのかな」

宮下公園のマチルダとローズがどうしても頭から離れなかった。兄弟のような二人の、演技ではなく本物の絆《きずな》を目の当たりにし、レイジはどうしてもあのシーンを再現してみたかった。それ以外の演技は薄っぺらいように感じてならなかった。

「じゃあ、私が少しこっち側にくれれば、レイジくんの顔撮れるんじゃないですか」

代案を提示したのは世々子だった。でもそれでは不自然でダメだった。

「今のままでは、ダメですか」

「レイジくん、これはドラマなんだ。面白いお話をより面白く映像にする。役者として感情の流れがあるのは分かるよ。けどここは譲ってくれないかな」

周りを見渡すと、呆《あき》れ顔で苛立《いらだ》っているスタッフがこちらを見ていた。

「分かりました」

その後は言われたままに演技をした。監督はオッケーを出したものの、多少不満げだったがモニターで改めてチェックし、納得した。しかしレイジ自身がその芝居にしっくりきておらず、自分の芝居が気に食わなかった。

撮影が終わって楽屋に戻ると、小百合が険しい顔でレイジを待っていた。

「こっちきて座りなさい」

言われるがままにレイジは対面し、正座した。小百合は一瞬も目を逸《そ》らすことなくレイジを凝視した。

「どういうつもり？」

「何が？」

「監督に反抗するなんてどういうつもりって聞いているの」

母が怒る姿を見たのは初めてだった。

「思ったことを言っただけだよ」

「レイジは監督じゃないでしょ？　レイジのドラマでもないの」

語気鋭く小百合は言い放った。

「僕はただ気持ちのこもったお芝居をしたかったんだよ。それじゃダメなの？」

「ダメよ。どんな動きにも気持ちをつけるのが役者でしょ。何を考えてるの！」

声を荒らげ、怒鳴りつけた。それでも、いくら言われようとレイジは自分の考えを曲げることは出来なかった。

「演じてるのは僕なんだ。お母さんには分からないよ」

小百合は冷静さを取り戻そうと、カップに入ったお茶を飲んで自分の手を強く押さえた。

「そうね、分からないわ。でもレイジだって間違ってるかもしれないって思わないの？」

「僕は知ってるんだよ。ありがとうって言う時、人はどうなるのか」

「どうしてそんなことを知ってるの？」

「それは」

濁すことも出来ず、レイジは言葉を詰まらせた。

「あのホームレスとドラッグクイーンに教えてもらったの？」

自分の耳を疑った。けれど、小百合ははっきりと確かにそう言った。瞬間的に「あの」に含まれたニュアンスを感じ取った。小百合は、徳さんとローズを知っているばかりか、直接見たことがあるようだった。

二人は互いに牽制《けんせい》し合い、沈黙が続く。しびれを切らした小百合が口を開いた。

「お母さんがレイジのこと、何も知らないと思ってるの？」

小百合が問い質《ただ》すように話すので、事情聴取を受ける容疑者のような気分になる。

「未久から聞いたわ。もう何ヶ月もあなたの帰りが遅い、ご飯もトイレに捨てているみたいだって。それで、探偵雇って調べてもらったの」

まさに取り調べのようだった。小百合に見せられた写真にはレイジが宮下公園で徳さんと話しているところや、JANISに入っていくところなどここ一ヶ月間のレイジの行動が収められていた。

「実際に宮下公園まで見に行ったこともあるわ。だけどね、お母さんはこの人達と仲良くしても別にいいと思った。心配だけど、レイジが何か言ってくるまでは、とりあえず見守ろうって」

母の思いなんかどうでもよかった。そんなことよりも、誰かに覗《のぞ》かれていたという気持ち悪さ、聖域を侵されたような屈辱がレイジに降りかかった。秘密基地はもう自分だけのものではなくなってしまった。

「でもやっぱり最近のレイジはおかしい。お芝居に純粋さも可愛げもない。大人になるなとは言わないわ。でもあなたのよさを自分で消さないで欲しいの」

自分のよさって一体なんだ。子供らしい無垢《むく》さだろうか。機械のようにシステマチックに生きていた以前の自分にはそれがあって、徳さんやローズと一緒に過ごしていくうちに魅力は失われていった。つまり、楽しい時間を経験すればするほど、視聴者の求める夏川レイジらしさは損なわれていく。

「今の生意気なレイジとは、誰も仕事したいなんて思わないわ」

自分が幸せになると、他人を幸せにできない。そういうことなのだろうか。

「いつ僕がこの仕事をしたいって言ったの？　お母さんが勝手にやらせてるだけでしょ。僕は一度もやりたいなんて思ったことない。仕方なく、いやいや、やってきただけだよ。なんのためにやってるのかさっぱり分からない。お母さんはお金が欲しいだけでしょ。だから僕を使って稼いでるんでしょ。高い服とかおいしいご飯とか自分が食べたいだけでしょ」

思っていても口にしなかった言葉を次々に浴びせた。その時はっきりと母を傷つけたいと思った。

「そんなの全部お母さんのわがままじゃないか。結局僕を利用してるだ――」

頰に受けた平手打ちに、レイジは痛みよりも戸惑いでいっぱいだった。母に手を上げられたのもこれが初めてだった。

小百合の吊《つ》り上がった眉《まゆ》とは裏腹に目には涙が浮かんでいた。

「もう宮下公園には行っちゃダメ」

「いやだ」

「ダメよ。私が学校の送り迎えをします。放課後は帰って勉強しなさい」

小百合は話す度に奥歯を強く嚙《か》んだ。

「いやだ！」

出て行こうとしたけれど、「絶対ダメです」と小百合に腕を摑《つか》まれた。

「嘘ばっかりじゃないか」

ブレーキが壊れたみたいに、自分では制御が利かない状態だった。

「ドラマなんて嘘ばっかりだ、お母さんも嘘ばっかりだ、みんなみんな嘘ばっかりだ」

再び小百合は腕に力を入れて振り上げた。レイジは咄嗟《とっさ》に瞼《まぶた》を閉じて、肩を竦《すく》める。しかしどれだけ待っても頰を叩《たた》かれなかった。恐る恐る目を開けると、顔を濡《ぬ》らしてわなわなと身体を震わせる小百合がいた。激情を堪《こら》え、振り上げた拳《こぶし》をゆっくりと下ろす。そしてレイジを抱きしめた。

「お願い、行かないで」

自分の深い場所で燃え始めていた小さな火種が消えていく。レイジは小百合の燃えるように熱い身体に包まれながら、自分の中の何かが圧倒的に冷めていくような感覚を味わった。

「分かったよ」

口が勝手に動く。

「どこにも行かないよ」

小百合の涙がレイジの服に浸透して、やがて肌に届く。レイジは深呼吸して、意図的に自分に潜んでいた怪物を滅失させた。

8 ― sleep now in the fire

レイジは小百合の言いつけ通り宮下公園に行くのをやめ、学校とドラマの撮影を繰り返すだけの日々を送った。十月の半ばに無事クランクアップしてドラマの撮影は終了した。小百合はレイジと過ごす時間を増やそうとしたのか、仕事のペースを抑え、時間のかからないバラエティやCMのオファーだけを受けるようになった。

あの日は日曜日で、せっかくの休みだからどこか行こうかと小百合は言ったけれど、レイジは今朝から熱っぽくて体温を測ると三十八度二分だったので、家で養生することにした。とはいえ特に頭が痛いとか咳《せき》が出るというわけでもなく、昼頃までリビングのソファーに寝転がって本を読んでいた。小百合は風邪気味のレイジのために料理をしようと珍しくキッチンに立ったが、思案しても何を作ればいいのか分からなかったようで、結局未久に電話して簡単に作れて消化にいい食べ物を教えてもらっていた。

「レイジ、ホットケーキでいい？」

特にホットケーキが好きというわけでもなかったけれど、小百合はおそらくそれくらいのものしか作れないし、それなりに食欲もあったのでレイジは「いいよ」と返事をした。小百合は電話をしながらメモを取り、近くのスーパーでホットケーキミックスと卵、牛乳を買ってきて、ダイニングテーブルにホットプレートをセットした。

「まずは卵だけを泡立て器で滑らかになるまで混ぜる……」

小百合は普段料理をしないわりに始めるとこだわってしまう性格なので、レイジは失敗しないか心配で、読書を中断して近くで見守ることにした。メモには「牛乳とマヨネーズ大さじ1」「ミックスはへらでざっくり混ぜる　混ぜすぎない」「油は薄く」「百五十度で予熱してから焼く」とあって、マヨネーズとへらと予熱のところに星のマークが描かれていた。

おぼつかないながらも指示通りに焼いていき、裏返す。出来上がったホットケーキは均一な焼き色で、レイジがイメージしていた月のクレーターのようなムラは少しもなかった。さすが未久のアドバイスだった。

完成したホットケーキを口に入れると、ふわふわした食感とバターの香り、メープルシロップの甘みが口いっぱいに広がった。思っていた以上に美味《おい》しくて、あっという間に二枚平らげてしまった。小百合も食べながら、嬉《うれ》しそうに頬張るレイジの姿を微笑ましく眺めていた。絵に描いたような昼下がりだった。

レイジが三枚目を食べようか迷っていると、小百合が何気なくテレビを点《つ》けた。放送されていたバラエティ番組をぼんやりと見ながらホットプレートにミックスを垂らす。表面に細かな気泡が浮かび始めた頃、突然テレビから速報を知らせるアラームが鳴った。

「渋谷再開発浄化作戦に反発する路上生活者ら　宮下公園をバリケード封鎖　負傷者あり」

渋谷再開発浄化作戦。JANISが摘発されそうになった時もよく飛び交っていたこの言葉。あの時は聞くことが出来ずにうやむやにしてしまった。バリケード封鎖ってなんだろう。これも聞いたことはあったけれどよく知らない。ただ、路上生活者の意味は分かった。ホームレスだ。

混乱した。きっと徳さんも巻き込まれている。いや、もしかしたら徳さんが仕掛けたのかもしれない。リモコンでチャンネルを替えても、どこも速報の表示のみで宮下公園の様子を生中継している番組はなかった。

「渋谷再開発浄化作戦って何？」

ホットプレートから昇る湯気の向こうで、小百合はホットケーキを切っていた手を止めた。

「ねぇ、なんなの？」

膨らんでいく焦燥感に押しつぶされそうだった。

小百合は心ならずも、レイジに条例の説明をした。

「渋谷再開発浄化作戦はね、違法なお店とかホームレスを街からなくして、渋谷を綺《き》麗《れい》にしようっていう計画よ」

「誰が決めたの？」

「誰って、政治家か警察官か」

気づくとレイジは立ち上がっていた。部屋を出て行こうとすると小百合はドアの前で妨害した。

「ダメよ」「どいて」「危ないわ」「お願い」

二人は互いに睨《にら》み合った。

「負傷者もいるの。子供が行く場所じゃないわ」

「徳さんが心配なんだよ」

「お母さんはあなたが心配なの」

小百合はしゃがみ込んでレイジに目線を合わせた。

「体調だって悪いのに、そんなとこに行かせられるわけないでしょう」

「悪いけど、今日は止められないよ。お母さんが何を言おうと、絶対に僕は行くから」

テレビからは賑《にぎ》やかな笑い声が漏れ、部屋にはホットケーキの焦げる臭いが充満していた。レイジは小百合を振り切り、ドアノブに手をかけた。

「待って」

振り向くと小百合は背中越しに言った。

「私も行く」

玉川《たまがわ》通りは渋谷駅のガード下手前から渋滞していた。ようやく明治通りを左に曲がり、窓を開けると遠くに怒号が聞こえる。タクシーもバスもロータリーの出口で詰まってしまい、車もいよいよ微動だにしなくなった。秋の乾いた風が車内に迷い込む。辛抱できず、レイジは助手席のシートベルトを外した。

「レイジ、ダメ！」

小百合の声も虚《むな》しく、レイジは車道に飛び出た。渋滞を縫うように走るバイクと衝突しそうになりながらも、その後を追いかけるように目的地を目指した。両腕を一生懸命振って全速力で駆けていく。けれど思い通りに足がついてこず、焦燥感ばかりが募った。

宮益坂下の交差点で交通規制が行われていて、車はその先に進めないようになっていた。その向こうに黒山の人だかりが見える。レイジは両手両足を思い切り動かしてそこへ向かった。

宮下公園の入り口はフェンスでバリケード封鎖されていて、透明の盾を装備した警察機動隊がその前に大挙していた。道路を挟んだ反対側にも大勢の野次馬が集まっていて、レイジはそこに交じって公園の様子を窺《うかが》うことにした。

「ただちにそこから出て行きなさい」

警察機動隊は階段の上で徒党を組んだ人達を説得した。けれど拡声器を通して声を発する度に空き缶や空き瓶が空中を舞った。固唾《かたず》を呑《の》んで見守っているとレイジちゃん」と肩を叩《たた》かれた。ローズも一時間ほど前にここへ来たという。

「徳さんは？」

「あそこよ」

指差されたフェンスの向こうに目を凝らすと、「再開発反対」や「野宿者の生活を奪うな！」「ビンボー人にも愛を!!」などのプレートを掲げる人達に交じって徳さんはいた。激しい剣幕で何かを叫びながら訴えている。

「もうずっとこの調子よ」

野次馬の中にはテレビカメラに向かって状況を説明する報道記者もいた。

「先日就任した渋谷区長、鷺沼昌義《さぎぬままさよし》氏による渋谷再開発浄化作戦で決定された、宮下公園の閉園と取り壊し。今日からその工事に着手する予定でしたが、宮下公園で生活をしていたと思われる路上生活者と支援団体が抗議デモを起こし、現在バリケード封鎖しています。先ほど路上生活者の一人が投げ込んだ空き瓶が通りがかった一般男性に当たり、負傷者が出たとのことです」

記者は警察官のホイッスルに顔をしかめた。

「このままだとどうなるの？」

「警察が強制排除すると思うわ」

路上生活者の一人がマイクで「ここは俺達の寝床だ！　社会は俺達から何もかも奪うのか！　この公園は俺達が守る！　出てけ！」と主張する。続けて他の人達が「出てけ！」と唱和した。そして「出てけ！」「出てけ！」と、彼らの声は何度も繰り返された。

「これは決定事項です！」

そう叫んでいたのはあの私服警官のユウキだった。

「この決定はいくら粘っても覆りません。路上生活者の皆様には既に自立支援システムを組んであります。一時的に入所できる保護施設で皆様を支援させて頂きます。これからの寒い時季はお困りでしょう」

徳さんはユウキを凝視していた。その視線に、代案を受け入れる余地などないというのは誰の目にも明らかだった。

レイジの周りから「でもそれってさ、俺達の税金が使われるんだよなぁ」「うっそ、マジうざいんだけど」という会話が聞こえた。

「一時的に入所ってなんだー！」

支援活動者と思われる一人が声を放った。

「どうせいつかは見捨てるつもりなんだろう！　俺達は自分達で募った寄付金で彼らを応援してきたんだ！　お前らの力なんか借りない！　そしてここを一歩も動かない！」

公園側のあちこちから「そうだそうだ！」という賛同の声が発せられる。その中に「ユウキの裏切り者め」という声もあった。

「そんなことはありません！　我々はあなた方を見捨てないし、納得のいく環境を作ります！　だからバリケードを解放してください！　しなければ強制排除になりますよ！」

ユウキも食い下がる。そして今度は徳さんに向けて交渉し始めた。

「徳さん、自分だってこんなことはしたくありません。でも仕方ないんです。分かってください」

依然ユウキを見つめていた徳さんは、苦々しい表情で首を横に振った。野次馬達は騒然として「徳さんって誰？」「あのホームレスと警官が知り合いってこと？」「わけ分かんない」などと口々に言った。

睨み合ったまま両者一歩も譲らない状況というまさにその時、集団の奥から機動隊の方に火炎瓶が投げ込まれた。避けた地面にはガラスの破片がちらばり炎が上がる。

「強制排除！」

機動隊はついに決断し、指示した。バリケードを強行突破しようと階段を駆け上がっていく。ホームレスと支援活動者達もフェンスに押し寄せ、一進一退の攻防を繰り返した。その間にも火炎瓶が投げ込まれ、装甲車のみが停車している車道でいくつも燃え上がった。見物していた群衆には危険を感じる者もいれば、興奮して「いけいけ！」などと煽《あお》る者もいた。

渋谷のそのエリアだけは途端に無秩序になり、奇妙な喧噪《けんそう》が渦を巻いて暴れていく。

ローズはレイジの右手を握ったまま、その場に立ち尽くしていた。二人が逃げなかったのは、無意識のうちにこの結末を見届けるべきだという義務感があったからだ。

空いていたレイジの左手を誰かが握った。小百合は車を遠くに停めてレイジをあちこち捜し回ったらしく、息切れしていて手のひらは汗でべっとりと湿っていた。怪訝《けげん》な瞳《ひとみ》を向ける小百合に、ローズは微笑みながら軽く会釈をした。

二人の大人に手を繋《つな》がれながら、レイジは徳さんの行方を目で追った。闘争の最前線でやり合っていた徳さんは、突然抗戦を中断し公園の方へ戻っていく。押し寄せる仲間の流れを掻《か》き分けて公園に入っていくと、ついに姿は見えなくなった。

車道で火炎瓶が割れる度に、身が縮こまる。動乱にはしゃいでいた輩《やから》達も常軌を逸したこの事態に徐々に戸惑い、その場を離れていった。バリケードフェンスは破られ、ついに直接対決になる。棒を持って殴りつけたり投石するデモ隊に、機動隊も盾で防御しながら応戦した。

たくさんの人間が階段でひしめき合う中、弱った人たちは渦中から弾《はじ》き飛ばされていった。そして散々もみくちゃにされた挙げ句、階段の下に落とされて容赦なく殴られた。血まみれの人間達が幾人も地面に倒れているその様は地獄絵図だった。

抗争の熱気はピークに達した。その時、徳さんが片手にブリキのバケツを持って現れた。階段の上で仁王立ちし、乱闘を見下ろす。そして徳さんはバケツの中に入った液体を頭から被《かぶ》った。近くにいた人はその異臭に顔を歪《ゆが》め、彼が今からやろうとしていることを悟って徳さんから離れた。

徳さんと目が合った。それまで阿修羅《あしゅら》像のような悲憤の顔つきだった徳さんは、レイジを見つけると頬を緩め、黄色い歯をそっとこぼした。今思えば、その笑みには覚悟と諦観《ていかん》と仁義が含まれていたように思う。

そして徳さんはレイジを指差し、自分の左胸をとんとんと叩いて、指先を擦《こす》り合わせて手を開いた。それは夏にレイジにやってみせた、あのジェスチャーだった。

「魂、燃やせよ」

もちろん声は聞こえなかったけれど、唇からはそう読めた。

徳さんは深呼吸をして軍手を外し、階段の上で両手を広げた。その瞬間、徳さんが燃えた。比喩《ひゆ》ではなく、実際に。

レイジは目を疑った。しかし、あっという間に徳さんの全身は炎で包まれていった。小百合はレイジの目元を両手で覆ったが、レイジはその腕を摑《つか》み、払った。

徳さんを覆う火焔《かえん》は、まるで生命を帯びたように蠢《うごめ》き、嘲笑《あざわら》い、暴れた。燃えていく音は地鳴りに近かった。風が吹く度に怪物は獰猛《どうもう》さを増し、辺りを煌々《こうこう》とオレンジ色に染めた。

烈火を纏《まと》った徳さんは、よろよろと階段を下りていった。それまで闘っていた徒党も機動隊もユウキも、その圧倒的に残酷な光景にたじろぎ、思わず徳さんの進路を空けた。

いつの間にか小百合はしゃがんでレイジを抱きしめていた。ローズは繫いでいた手を離して立ちすくんでいた。

レイジは、どうせまたマジックなんだろうと思った。ヒロを懲らしめたように、今回も機動隊を追っ払うための作戦で、きっと終わったあとには「レイジ、エンターテイメントだったろぉ」なんて言うんだ。

しかし揺らめく陽炎《かげろう》の向こうで、焼かれた服や肌や毛が蛍のような火の粉となって黒煙とともに舞い上がっていく。それは、どう考えてもマジックには見えなかった。

徳さんのホームレス仲間の数人は口元を押さえて俯《うつむ》き、機動隊はどうすることも出来ず、誰かの指示を待ちながら狼狽《うろた》えていた。

ただ一人徳さんだけが冷静だった。炎の向こうに見える徳さんは黒くなりながらも苦しそうな表情を一切見せず、堂々としていて、勇ましさすらあった。

気づけばレイジは、信じられないほど涙を流していた。それは人生で流した初めての涙だった。なぜ、泣いているのか自分では上手《うま》く整理がつかない。ただ、締め付けられるような、絞られるような感覚に、勝手に涙が溢《あふ》れていく。怖かった。悲しかった。そしてなぜか感動していた。

階段の中央付近で徳さんは止まった。皮膚は爛《ただ》れ、もはや誰だか認識できないほど焦げて黒くなっている。すると急に頭を抱えたり、喉《のど》を押さえたり、首を傾けたりと、奇妙な動きをした。最後の力を振り絞り、のたうち回っているようだった。全員がその呪いのようなダンスに凍り付いていると、徳さんは階段を踏み外し、滑落した。転げ落ちているところに到着したのは、暴動を鎮圧するための放水車だった。火炎瓶によって燃えた炎を消火しながら道路を進んでいく。けれど事件が発生した宮下公園に暴動はなく、階段の下には炎が一つだけあった。

見誤ったのか、それとも故意なのか、徳さんにも水が撒《ま》かれた。水圧で横滑りしながら、徳さんの炎は小さくなっていく。ようやく消火されて現れたのはもはや徳さんではなかった。炭のように黒いただの物体だった。

既視感があった。背中の裂けた蟬の抜け殻。たった今魂を抜かれた残骸《ざんがい》は、徳さんが脱ぎ捨てた服と変わりはなかった。

二十一グラムの魂は煙とともに秋の空に伸びていく。レイジは自分の両手を握り、じっとそれを眺め続けた。

9

レイジ・アゲインスト・ザ・マシーンII

ホスピスの病棟はゆったりとした時間が流れていて、異空間に思えた。長い廊下に面したローズの部屋をノックすると「はぁーい」と返事があったので、レイジは扉を開けた。

「すっごい」

望美は挨拶《あいさつ》より先に一驚《いっきょう》した。

「いらっしゃい」

内装は好き勝手に装飾されていて、小さなシャンデリア風のテーブルライト、赤いベルベットのカーテン、カラフルなグラスにあしらわれた一輪のバラなど、その若干下品な組み合わせ方はJANISの内装と共通していた。

「妻の望美です」

レイジが紹介すると、ベッドに腰掛けていたローズは立ち上がって「ろぉーずでぇす」と大袈裟《おおげさ》な口調で自己紹介した。

望美を驚かせるため「病院内で懐かしい人と再会したから紹介する」とだけ説明しておいた。望美はまんまと罠《わな》にひっかかった様子で、会釈してからもずっと薄ら笑みを浮かべていた。

「大きなお腹ね、何ヶ月？」「八ヶ月ちょっとです」

「男の子？　それとも女の子？」「多分女の子です」

「あっらー。じゃあきっと可愛い子に違いないわねぇ。ちょっと触ってもいいかしら？」

戸惑っていた望美もすっかりローズのペースにはまり、「どうぞ」と近づいて膨らんだ腹を突き出した。ローズは優しく撫《な》でながら「産まれる前にアタシが触った子はね、皆《みんな》天才になったんだから」と自慢げに言った。嘘だろうけれど、ローズにそのような力が備わっていても別段不思議には思わなかった。

「この部屋の香りってジョーマローンですか？」

「そう！　よく分かったわね、アタシ大好きなのよ」

「私もです！　友人が働いてて、社割りで買ったのをよくもらうんですけど、じゃあ今度もって――」

盛り上がる女子二人を横目に、すっかり蚊帳《かや》の外になってしまったレイジは金メッキの椅子に座ってビールを飲み始めた。

「で、二人はどこで知り合ったわけ？」

「俺の舞台のオーディションに望美が来たの。その頃まだ誰も俺のことなんか知らないのに、ホームページ見て。ね？」

「そうなんですけど。本当はその前に会ってるんです。彼が忘れてるだけで」

「あぁ、二十年前？」

「そう。同級生だったの」

レイジはそう言いながら、ビールと一緒に買ってきたコーンポタージュのアイスをローズに渡した。「買ってきてくれたのねぇ」と喜ぶのも束の間、「全部食べたら体に悪いからちょっとにしなよ」とレイジが釘《くぎ》を刺した。

先の方を小さく齧《かじ》るとローズは親指を立てて「ほら、やっぱり美味《おい》しいじゃない」となぜか得意げな顔をした。

「それで、オーディションは受かったの？」

「落ちました」

「ひどぉい、ちょっとなんで落としたのよ」

ローズはアイスを向けてレイジを指した。

「役と合わなかったんだよ。でもそのあとに『製作スタッフでもいいので使ってください』って」

「あら！　レイジちゃんのことよっぽど好きだったのね。何がそこまでよかったの？」

「同級生の時、俳句大会があって、彼と私だけが佳作に選ばれたんです。その時のレイジの作品がなんとなく心に残ってて」

「それだけ？」

「あと、小学生の時レイジが上級生に嫌みを言われて大暴れしたことがあって。それで彼が『「右向け右」で、右を見る君達は機械と同じだ』と怒鳴ったんです。それがずっと残ってましたね」

「きゃぁ！　レイジちゃん、気取ったこと言うわね。ん？　それアタシも聞いたことあるわ」

改めて言われると恥ずかしく、グビッとビールをたくさん喉に流し込んだ。

望美はローズの顔をじっと見つめ、「もしかして、私ローズさん見たことあるかも」と言った。

「教室に来てレイジを連れて行きませんでした？」

「アナタ、レイジを助けた人？」

二人は手を取り合ってまた意気投合したようだった。

「ローズさんとも会ってましたね！　あの時のローズさんもかっこ良かったですよ。小学生に向かって『見てんじゃないわよ、腰抜けどもが！』って」

「ちょっと、そこだけ言うとなんだか嫌なおばさんみたいじゃないの」

ローズは照れくさそうにアイスを齧った。

「ローズさんはレイジとどこでお会いに？」

「徳さんっていう宮下公園のホームレスに二人とも集まってきたって感じね」

望美がレイジに手を伸ばしたので、ノンアルコールのビールを渡した。

「ローズと徳さんはどこで会ったの？」

そういえば聞いたことがなかった。当たり前に存在し過ぎていて、気にならなかった。

「アタシが失恋して宮下公園のベンチで泣いてたらね、いきなり隣に座ってきたのよ。ホームレスだし、気持ち悪いから『なんなのよ！』って大声出したら『ほら、大きな声出してすっきりしただろ』って。なんか拍子抜けしちゃって。それからはレイジちゃんと同じね、気づいたら宮下公園に顔を出すようになっちゃったって感じ」

携帯が鳴った。画面に表示された名前は佐々木だった。

「もしもし」

「レイジ、芸能ニュース見たか？」

「ここ一ヶ月くらいテレビとかネットとか見てないっす」

「ミズミンが妊娠した」

「はっ」

あまりにも寝耳に水で思わず声を出してしまい、二人の視線はレイジの方を向いた。レイジは送話口を手で覆い、「ごめんローズちょっとテレビ点《つ》けていい？」とリモコンで電源を入れた。チャンネルを回すと、ワイドショーの一つがいち早くミズミンのできちゃった婚を取り上げていた。

中年のアナウンサーが、「国民的アイドルグループの『MORSE《モールス》』の元メンバー、ミズミンこと水見由香《みずみゆか》が事務所に無断でなんとできちゃった婚！　ということで、まぁ皆さん驚きだと思いますけど――」と饒舌《じょうぜつ》に話す。ローズは「はぁ、意外と大胆なことするわねぇ」と一般的なリアクションをしていたが、望美はレイジを心配そうに見つめていた。

「ほんとですね、どうします？」

悩むレイジの後ろでアナウンサーの「――国民的アイドルの中でもトップクラスの人気と知名度でしたが、昨年惜しまれつつもグループを卒業、以後は女優に転身し、ドラマや映画などで順調に活躍していました。そんなミズミン、次は初主演の舞台が内定していたという噂ですが――」という淀《よど》みない説明が聞こえる。

よりによってその舞台の演出を手がけるのがレイジだった。つまり今考えている次回作品だ。

舞台への挑戦は本人の意向ではなく、次作の話題作りに奔走した佐々木が無理矢理キャスティングしたのだが、相手側もウィッカーマンにもなったレイジなら問題ないと信頼してくれていた。

しかし、ミズミンが妊娠となると――

「当然降板だろうな」

「どうするんですか？」

「とりあえず、代役になりそうな人色々当たってみて候補出すわ。あーチケットの払い戻しとかくそめんどくせぇ。そっちはどうだ？　台本は順調か？」

「進めてますけど、主演が代わると話も変わるし……」

本当のところ脚本の方は全く進んでいなかった。いっそのことミズミンのせいで舞台が中止になってくれないかと、レイジは心の中で祈った。

「とにかく急いでくれよ、台本ないと交渉しづらいんだからな」

佐々木はレイジの返事も聞かずに電話を切った。どうしてこうも問題ばかり続くのだろうか。髪の短い頭を掻《か》きむしっても、苛立《いらだ》ちはどこへも消えていかなかった。

「大丈夫？」

望美はそっと背中をさすってレイジを気遣った。

「踏んだり蹴《け》ったりだよ、もう」

愕然《がくぜん》としたレイジは勢いよくビールを飲み干し、何度も溜《た》め息をついた。テレビではコメンテーター達が「大胆なことするね！」とか「周りのスタッフに失礼！　軽率すぎる」などと様々な意見を交わす。うんざりしながら公共放送にチャンネルを切り替えると、女性アナウンサーが落ち着いた口調でニュースを読み上げている。

「今月の十五日に行われる渋谷区長選挙ですが――」

画面は選挙活動をする候補者達のＶＴＲに切り替わった。

「カジノ施設建設を巡って過去にないほどの盛り上がりを見せています」

次々と映し出される候補者をレイジはぼんやりと眺めた。皆躍起になって「今の日本では」とか「問題を一から解決しなければ」と口にしていたが、レイジには彼らが一様に頼りなく映った。

しかし、一人の男だけには目を奪われた。髪だけでなく、眉《まゆ》や髭《ひげ》まで白髪《はくはつ》で、肩からは「結城卓《ゆうきすぐる》」というたすきがかかっている。

「渋谷区にカジノなどを建設すれば、街は外国人で溢《あふ》れかえり、治安など保てるわけがない。区民はそんなもの求めていません。外貨獲得のために区民の生活や安全が疎《おろそ》かになるなど言語道断、そんなことよりもまずやるべきは――」

滔々《とうとう》と語る彼は誰かに似ていた。しかしそれが誰なのか全く思いつかず、レイジはやきもきして「この人って誰かに似てるよね？」と二人に尋ねた。

「カーネルサンダース！」

望美は自信をもってそう言ったが、レイジにはピンとこなかった。

「いや、似てるんだけど、もっとなんていうか」

するとローズが「あっ！」と閃《ひらめ》いたらしい声を上げた。

「レイジちゃん！　この人あれよ！　徳さんのお友達の警察官！」

突き出た腹。シミまみれの皮膚。濁った瞳《ひとみ》。ユウキはすっかり老けてしまって二十年前の彼とは別人だった。しかし、髭の奥にある妙に爽《さわ》やかな笑みはまさしくユウキだった。

選挙なんか出るわけないって言ってたのになぁ。

画面の彼をまじまじと見つめた。すっかり政治家の顔つきで、なんだか気味が悪かった。

＊

連日のニュースは宮下公園の抗議デモを取り上げた。しかし徳さんについては、ホームレスに火炎瓶の火が燃え移り焼死と報道され、世間ではあまり問題にならなかった。徳さんの焼身自殺の映像はあまりに衝撃的で放送できるわけもなく、火炎瓶を投げていたのもホームレスなのだから自業自得、などと知ったような口ぶりで話すコメンテーターすらいた。

徳さんの本懐が遂げられたとすれば、宮下公園の工事が一時中断になったことだけだった。しかし事故現場としての証拠保存という大義名分で、結局ホームレスらは締め出された。

徳さんは明らかに自殺ではあったものの、ライターもマッチも所持しておらず発火原因が不明ということもあり、遺体は警察によって司法解剖されることになった。最終的な死亡原因は焼死ではなく、階段からの転落死だったそうだ。

この事の顚末《てんまつ》を教えてくれたのはローズだった。レイジはあれ以来不登校になり、一日中部屋にこもっていた。行きたくないわけじゃなかった。けれど渋谷駅に向かおうとするとどうしても足がすくんでしまう。一度だけ小百合の運転で車での登校を試みたけれど、車内で吐いてしまってそのまま引き返した。学校には仕事だと嘘をついていたので、先生もクラスメイトも心配して電話してくることもなかった。入っていた仕事にも穴をあける羽目になり、小百合は毎日頭を悩ませているようだった。

小百合以外にもうひとりレイジを心配していたのは、ローズだった。あのデモの日に小百合とローズはなにかあったらと電話番号を交換していた。小百合は不服そうだったけれど、ローズは長年の接客業で培った人心掌握術で最終的に上手《うま》く小百合を丸め込んだ。きっとローズにはレイジがこうなることが大方予想出来ていたのだった。毎日のようにローズは夏川家に電話をかけてきたが、ほとんど小百合が話をした。そのうちに小百合からローズに電話して相談をするようになり、「どうすればいいのか分からない」と嘆いているのが聞こえたこともあった。レイジが電話で話したのは三回だけで、徳さんや宮下公園の情報をその都度更新してくれた。学校や仕事のことには少しも触れなかった。

レイジがそんな風になって三週間近く経ち、十一月になった。窓の隙間から湿度を失った冷たい空気が入り込んでくる。そんなある日、ぼんやりと壁を眺めていると小百合が部屋の扉をノックした。

「ローズさんが来てくれたよ」

リビングに行くと、スーツを着た背の高い色白の男が椅子に座っていた。一重瞼《まぶた》の切れ長な瞳と鋭い鷲鼻《わしばな》、薄い唇、そり落とされた眉。額は広く、細い髪は七三に分けられている。

「ご近所に迷惑にならないように、ちゃんとした格好してきたのよ」

ちゃんとした格好とはいうものの、異様な空気感が露骨に際だっていて、とても真人間には見えなかった。

レイジの前にローズ、その横に小百合が座ると、なんだか面接のような雰囲気になって堅苦しかった。

「レイジちゃん、最近はどんな気分？」

いつもと違うローズにレイジは少し戸惑った。ローズはそれを察したらしく、より優しい口調で「話したくないなら無理しなくていいからね」と微笑んだ。

「やっぱり、学校も仕事も行きたくないって感じなのかしら？」

レイジはローズの茶色い瞳をそっと見つめた。

「行きたくないんじゃなくて、行けないんだよ。行こうとすると身体のどこかが必ず痛くなっちゃう」

小百合はローズとレイジの会話を黙って聞いていた。

ローズが突然荷物の中から何かを取り出し、無言でテーブルに置いた。それは紫色の風呂敷《ふろしき》に包まれた四角い箱で、中身はどう見ても骨壺《こつつぼ》だった。蓋《ふた》を開けると、あの色黒の汚い徳さんの面影はかけらもなくて、キラキラと白い粉が光に照らされ空中を舞った。

「こうなっちゃったら、もうマジックも、あの減らず口も、見たり聞いたりできないのよね」

「それどうするの？」

「アタシが預かるわ。だって他にどうすることもできないじゃない？」

蓋を閉めて、ローズは小百合が淹《い》れたミルクティーを一口啜《すす》った。

「散骨とかしないの？」

小百合はレイジが散骨という言葉を知っていることに驚いているようだった。

「散骨ねぇ。でも何処に撒《ま》いたらいいか。宮下公園以外に思い浮かばないわ」

「ダメなの？」

「だって、徳さんが本当に宮下公園に撒いて欲しいかどうか分からないじゃない。あんなことするならせめて遺書くらい書いといてくれればよかったのに」

突き放した言い方をするローズは裏腹な想いを隠しているようで、少し痛々しかった。

「徳さんの家、まるごと警察に持っていかれちゃったのよ。だから徳さんに関するものは全部なくなっちゃってね」

レイジもミルクティーに口をつけた。前に芸能関係の人から頂いたという高級なアールグレイで淹れたらしいけれど、レイジには少し苦かった。

「徳さんの骨、少しいる？」

骨をもらうという発想がなくて、少しドキドキした。そのただの粉、見た目はホットケーキミックスと変わらないような粉が徳さんという認識もまだできていない。でも確かに徳さんの骨で、徳さんの身体なのだ。もし骨を分けてしまうと、徳さんの身体を引きちぎってしまうのと同じなんじゃないかと思い、迷った末レイジは「ローズが持ってて」と返事をした。

ローズが骨壷を箱にしまう時、気のせいかもしれないけれど一瞬だけ徳さんの匂いがした。汗くさくて泥くさい、歳を重ねて燃え尽きた男の匂い。

あの光景がフラッシュバックした。炎に包まれた徳さん。神聖で崇高な怒りを纏《まと》ったシルエット。お釈迦様《しゃか》の片鱗《へんりん》を見たようなあの感覚。

突然胃が騒ぎだし、飲んでいたミルクティーをテーブルに吐いてしまった。小百合は慌ててタオルで拭《ふ》いたけれど、レイジは目眩《めまい》とともにもう一回吐いてしまった。吐瀉物《としゃ》が勢い良くテーブルを流れていき、ローズの袖《そで》にかかった。けれどローズは少しも動じず、「レイジちゃん。学校に行きなさい」とはっきり言った。小百合は何を言い出すのか心配で、手を止めてローズを見入った。

「徳さんはね、宮下公園の皆《みんな》を守るためにあんなことをしたの。それなのに、レイジちゃんが学校に行かないっていうのは、徳さん望んでないと思うわ。無理してでも吐いてでも、教室に入りなさい。徳さんを言い訳にしちゃだめよ」

徳さんを言い訳にする。その言葉はレイジに深く突き刺さった。徳さんはきっと「行きたくねぇんなら、行かなくていいんじゃねぇか」と言うだろう。けれどそうやって甘い言葉をかけてくれる徳さんはもういない。

「うん」

小百合は状況が飲み込めず、口をぽかんと開けていた。

翌日の朝、レイジは何事もなかったように身支度をした。小百合は全くもって腑《ふ》に落ちないという表情だったけれど、学校に行こうという前向きなレイジを後押しし、「車で送ろうか」と言ってくれた。

「大丈夫だよ。電車で行ってみる」

三週間ぶりとは言え、外に出るとめっきり寒く、息は白くなった。雨がそぼ降る中、傘をさして電車に乗って渋谷駅に向かった。デモなんてなかったかのように渋谷にはいつも通りの雑踏があった。宮下公園を通過しない通学路を選ぶこともできたけれど、レイジはあえてそこを選んだ。不思議と気分は悪くならず、感情の折り合いは無意識のあいだについていたようだった。宮下公園は今も立ち入り禁止の看板が立てられ、鉄柵《てっさく》で囲われていた。たった半年間でこの公園はイジメに遭った忌まわしき場所から、居心地のいい秘密基地になった。そして今は静けさの向こうに凶暴性を孕《はら》んだ、冬眠した熊のような場所へと変貌《へんぼう》してしまった。激動の日々を思い返しながら、レイジは一瞥《いちべつ》小学校の校門を潜った。教室に入るとクラスメイトは十人くらいいた。レイジを一瞥《いちべつ》するものの誰も挨拶《あいさつ》をせず、それぞれ話したり本を読んだりしている。なんだか変な様子だと思ったけれど、もともとはこんな感じだったと割り切り、さして気にすることもなくレイジは自分の席に座った。机の中には強引に詰め込まれたプリントがあって、それをひとつひとつ確認して整理し、要らないものはゴミ箱に捨てた。その時ふと、教室の後ろにクラス全員の俳句が飾られていることに気づいた。レイジが書いた「秋風に　蟬の抜け殻　さらわれて」の句には佳作を表すリボンが貼られている。もう一つリボンがついていたのは、転校生の高杉《たかすぎ》が書いた「さようなら　別れ際は　紅葉色」という中の句が字足らずになったものだった。それは大人っぽいかどうかで悩んでいた自分のよりも大人っぽい俳句で、レイジは少し恥ずかしくなった。さくらの句「満月に　ねがいをこめた　秋の夜」にはリボンは貼られていなかった。

しばらくして教室にさくらが入ってきた。しかし誰よりも率先してレイジに挨拶をしていた彼女もレイジを無視して席に着いた。皆が意図的にレイジを無視しているのは見てとれた。

チャイムが鳴った。先生が教室に入るなりレイジを見て「あら、久しぶりね」と微笑んだ。クラスメイト達が何も聞こえなかったように前を向く中、軽く頷《うなず》いてレイジはその場をやり過ごした。それから昼休みまでの授業は幼稚なクイズに答えるみたいに退屈で、ほとんどの時間は外を眺めていた。徐々に強まっていく雨は、風が吹くたびに窓を殴りつけた。どのクラスも体育の授業を屋内に切り替えたらしく、校庭は閑散としている。

誰もいないその校庭を見下ろしながら、あの日も雨が降ればよかったのに、とレイジは思った。そうすれば徳さんは燃えなかったし、デモの決行も取りやめになったかもしれない。

そもそも、どうして渋谷再開発浄化作戦なんかしなくちゃならないんだろうか。今の渋谷に満足している人だってたくさんいるのに。よそから来た人にいい格好したいから？　お金がほしいから？　そのためにずっといた人がなおざりになるの？　宮下公園の跡地に作るビルはそんなに偉いのかな。

黒板に書かれる問題と違って、答えの出ない問題をレイジはひたすら考えた。ぐるぐると思考をめぐらすけれど、いつまでも堂々巡りで、溜《た》め息ばかりが口から漏れる。その度に窓ガラスがじわっと曇った。

昼休みはトイレにも屋上にも行かずに教室で弁当を食べることにした。クラスメイトの賑《にぎ》やかな会話に囲まれながら、レイジが一人で弁当の蓋を開けると小百合の凝った料理が丁寧に並べられている。味は未久の方が美味《おい》しいけれど、以前に比べたらぐっと上手になっていた。誰とも話さずもくもくと食べたので弁当はすぐに空になった。時間が余ったので久しぶりにマジックでも練習しようかと思ったけれど、誰かにかまってほしくてやっていると勘違いされるのは嫌だったので、やっぱりやめた。時間が過ぎるのを待ちながら校庭の濡《ぬ》れた鉄棒をぼんやり眺めていた。黒い傘をさした誰かがその前を通り過ぎる。その時突然、教室が静かになった。殺伐とした雰囲気に何事かと振り返ると、扉の前にいたのは宮下公園で絡んできた、そしてレイジにトイレで水をかけた上級生のだるま顔とハーフだった。そして二人は教壇に立ち、ハーフが「どうして皆夏川くんを無視するのかなぁ。かわいそうじゃない一人で弁当食べて」と大声で言った。それまで楽しそうだったクラスメイトの顔は曇り、皆揃って俯《うつむ》いた。

「なに？　夏川くんがhomelessとお友達だから無視するの？」

雷に打たれたような感覚が全身を襲う。

「差別はよくないとおもうよ？」

だるまはゆっくりとレイジのそばに近寄り、「なぁ夏川くん」と肩を叩《たた》いた。そしてその肩に触れた手をわざとらしく嗅《か》いだ。

「くせぇ！　ホームレスの臭いがする！」

クラスメイトの数人がくすりと笑った。それでもレイジは気にせずに座ったまま黙っていた。しかしハーフの方もやってきて「うわ、マジだぁ！　きったねぇ！」とまるでアメリカンコメディのようなアクションで言った。

「皆知ってるんだぜ。お前がそういうヤツらとつるんでること」

学校からほど近い宮下公園だ。誰かに見られても不思議なことは一つもない。

「へぇ、夏川くんの俳句、賞もらったんだ。すごいねぇ。あれはなんて読むのかな？　ん？　じゃあ、代わりにこの人に読んでもらいましょう」

　ハーフはだるまにアイコンタクトをして促す。

「あきかぜにぃ　せみのぬけがらぁ　さらわれてぇ」

　彼らが何をしたいのかすぐに理解できた。徳さんだけでなくローズのことも知っているらしく、だるまは女性的な口調で誇張たっぷりと句を読んだ。クラスメイトは相変わらず沈黙したままで、教室は二人のステージと化していた。

「おい、無視すんなよ。お前は無視される側だろ」

　反応しないのでだるまは苛立《いらだ》っていた。けれどレイジにとって徳さんもローズも決して恥ずかしい人間ではないし、別に後ろめたいこともなかった。最初は動揺したけれど二人が何を言おうがレイジには全く平気だった。

「もしかしてあれかなぁ、こないだ火が点《つ》いて死んじゃったhomelessが夏川くんの友達だったりして」

　しかし一度収まったはずの心がまたじわじわとざわつき始めた。

「そんなわけないだろ、いくら夏川くんだってね、そんな危ない人とは関わらないでしょ」

「そうだよなぁ、そんなバカなヤツと国民的STARが知り合いなワケないよなぁ」

考える余裕は微塵《みじん》もなく、怒りは一気に沸点まで到達した。握った拳《こぶし》は素早くハーフの鼻と眉間《みけん》に直撃し、思わず机も蹴《け》り飛ばした。せっかく整理したプリントは無惨に床に散らばった。

顔を押さえて呻《うめ》き声を上げるハーフをよそに、レイジはだるまの襟元を摑《つか》んで押し倒した。所狭しと並んでいた机が騒々しい音を立てる。クラスメイトはあまりの展開に声すら上げられず、ただただスペースを空けて見ていた。

レイジの心の内に秘められていた怪物がここぞとばかりに暴れ出した。叫びながら腕を振り上げ、だるまは思わず目を閉じる。レイジは馬乗りになってだるまの顔を何度も殴った。途中でハーフに後ろから背中を蹴られ、レイジは突き飛ばされた。痛みは全く感じない。自分でも驚くほど身体中に力が入っていて、割れそうなほど奥歯を嚙《か》みしめていた。

「どうせ、あれなんだろ、学校来られなかったのも警察に呼び出されたからとかなんだろ？」

だるまは顔を歪《ゆが》ませながら立ち上がり、また悪態をついた。

クラスメイト達を見回すとほとんどがレイジから目を逸《そ》らす。どうやら勝手な噂が一人歩きしているらしい。

「何も知らないくせに」

身体に亀裂が入ったみたいに、感情が零《こぼ》れていく。

「何も知らない君達が、知ったふりして見下したり、邪魔者扱いするからこうなったんだ。君達なんかよりよっぽどあの人の方がきれいだ。君達なんかよりずっと偉い、かっこいい」

どばどばと溢《あふ》れる感情は歯止めが利かず、喋《しゃべ》れば喋るほど亀裂は大きく広がっていった。

「バカなのは君達だ」

レイジはだるまの身体に飛び込んだ。しかし二学年の身体の差は大きく、特にレイジは小さいために、だるまは軽々とそれを受け止めた。相撲のような形で二人はぶつかり合うが、レイジは勢い虚《むな》しく窓際まで押されて、最後にはガラスに頭を打ち付けてしまった。

「生意気なんだよ」

両手を掴まれて、窓に押し付けられる。いくら抵抗してもその手を解《ほど》くことはできなかった。鼻血を垂らしたハーフがやってきて、奥からレイジの頬をおちょくるように何度も叩く。

「あれあれ、さっきの勢いはどうしたんだよ、夏川くん」

二人の顔は宮下公園で見たヒロと同じような顔をしていた。悪意に満ちた傲慢《ごうまん》な顔。

レイジの頬が殴られる度にひんやりとしたガラスが触れる。精一杯の反発としてレイジはまただるまの顎《あご》に頭突きをした。だるまはひるみ、押さえていた両手の力が抜けた。手を払って蹴りを食らわすとだるまはお腹を抱えて咳《せ》き込んだ。

「てめぇ、いい加減にしろよ」

目を充血させてハーフは怒りを露《あらわ》にした。彼らはレイジを弄《もてあそ》びたかっただけなのに、返り討ちにあって悔しいようだった。しかしそれ以上にレイジは逆上していた。

外見だけでしか判断しない、こいつら。その噂を信じて無視するクラスメイト。手のひらを返すさくら。見て見ぬ振りの先生。

どいつもこいつも偽者で、俗悪で、下劣だ。

「みんな空っぽだ。意思のない機械だ。『右向け右』で、右を見る君達は機械と同じだ」

声帯がちぎれるくらいそう叫ぶと、心臓が破裂しそうな感覚になる。汗が額ににじんわりと滲《にじ》んだ。

「わけ分かんねぇんだよ」

二人はレイジを捕まえようとした。けれど机を倒したり、その上に立ったりしてレイジが逃げるので、躍起になって追いかけ回す。タイミングを計って窓を開けた。冷たい外気が教室に吹き込み、刺すような雨粒がレイジに当たる。クラスメイトは雨に当たらない壁側に固まるけれど、二人だけは気に留めることもなくレイジに向かってきた。窓を抜けて外に出ると幅一メートルほどのベランダにでた。二人もレイジの後を追った。レイジは雨に濡《ぬ》れているにもかかわらず、体温はぐんぐん上がっていた。

「あぁぁぁぁぁあああ！！！」

追い込まれたレイジはなりふり構わず二人につっこんでいた。その声は雨音にかき消されたけれど、それでも無我夢中で叫んで、意を決して走り込んでいった。魂を込めてタックルし、彼らと再び取っ組み合った。しかし二人がかりの彼らに勝ち目はなかった。

そんなことはレイジだって知っている。けれど負けると分かっていても、彼らとやり合わなければ納得できなかった。とにかく無心で、渾身《こんしん》の力を込めて彼らにぶつかった。

どしゃぶりの雨のおかげで周りにはばれなかったが、レイジは涙していた。感じたことのなかった、悔しさや怒りという感情がポップコーンみたいに弾《はじ》け、もうコントロールなんてできるわけがなかった。ただがむしゃらに体当たりし、拳を振り回した。喧嘩《けんか》というよりもレイジが一方的に暴れ狂った。もう打ち負かしたいとか、彼らの泣き顔が見たいとかではなかった。とにかくそうしなければ収まりがつかなかった。

二人はレイジを転落防止の鉄柵《てつさく》に押さえつけた。肩甲骨にその縁が当たり、身体が反る。斜め後ろを見ると三階分の高さを感じて胃がきゅっとしまった。

「謝れよ」

ハーフは息を切らして言った。

「先輩に歯向かってすいませんでしたって言え。あとhomelessとオカマとつるんですいませんって言え」

レイジは唾液《だえき》を溜《た》めて、彫りの深いその顔にぶちまけた。唾《つば》は雨に流されて、鼻血と混じった。

「殺してやる」

肩口を摑んでいた二人がぐっと押し上げるとレイジは爪先《つまさき》立ちになり、ついに身体が浮いた。肩甲骨にあった縁が今は背中の中央に感じる。シャツで首が絞まり、呼吸がしにくい。意識がゆっくりと遠のいていく。

いっそ死ぬのもありかな、という考えが頭をよぎる。ここから飛び降りるのは焼身自殺より苦しくないはずだし、もしかしたら徳さんとあの世で会えるかもしれない。そもそもこの世に未練なんかないし、魂を燃やしたい事柄なんて一つもなかった。そう思うと不愉快だった雨がだんだん心地よく感じられてきた。

「何笑ってんだよ」

レイジは二人の手を強く摑んだ。万が一ベランダから落ちても、この手さえ離さなければ二人を巻き添えにできる。

二人の顔は引きつっていた。レイジはかじかむ手に力を込めて、身体を後ろによりに反らす。

ふと、レイジを掴んでいる二人の間から誰かの人影が見えた。一瞬徳さんだと思ったけれど、そんなはずはなかった。人影はどんどん近づいてくる。

その人は後ろからだるまとハーフの首根っこを掴み、力ずくで引き下ろした。油断していた二人は勢い良く後ろの壁にぶつかり、レイジはその場にうずくまった。その人の正体を見ようとしたけれど、雨が目に入ってしまってよく見えない。それでも滲んだ輪郭が薄《うっす》らと感じられた。それは大人ではなかった。ひとりの女の子だった。

「先輩なら後輩いじめちゃだめでしょ。この子殺すなら、私があなたを殺すよ」

それはさくらの声ではなかった。初めて聞く少しハスキーな声だった。徐々に視界がはっきりしてきて、彼女が誰だかようやく分かった。転校生の高杉だった。

彼女ははさみを短刀のように握っていて「本当に刺すよ」と言った。刃《やいば》からは雨粒が滴り落ちている。

「くっそ、なんだよお前」

「なんだっていいでしょ。どうすんの、殺すの？　やめるの？」

二人は黙ったまま顔を歪《ゆが》めた。高杉とレイジを交互に睨《にら》みながらも、「ふざけんじゃねぇぞ」と言って彼らは教室を出て行った。
レイジは高杉を見上げた。
「なんで助けたんだよ」
「じゃあ今から飛び降りれば？」
高杉はそう言い捨てて教室に戻り、濡れた服をタオルで拭《ふ》いた。レイジはそのまま
どうすることもできずに、雨に打たれていた。クラスメイト達の射るような視線も決
まりが悪く、うなだれていると教室から「ちょっと、ごめんあそばせ」という耳馴染《みみなじ》
みのある声がした。コツコツとヒールの音が教室に響き渡る。
窓際に来たローズが「レイジちゃん、行くわよ」と声をかけた。
「もう帰ろう」
ローズが手を差し出すので、レイジはその手を掴《つか》んだ。レイジの手が冷えきってい
たせいか、ローズの手はとても温かかった。
不規則に散らばってしまった机の間を歩きながら、ローズは「見てんじゃないわよ、
腰抜けどもが！」と好奇の目で見ていたクラスメイト達に言った。レイジは言うべき
か迷ったけれど、高杉とすれ違い様に一言「ありがとう」と、聞こえるか聞こえない
かの声で言った。
「いつから見てたの？」

「ずっと見てたわよ」

「どうしてすぐに止めてくれなかったの？」

「レイジちゃんが自分で解決しなきゃいけないと思ったからね」

下駄箱で靴を履き替えて校舎を出た。傘をさしてぐちょぐちょになった校庭を歩いていく。泥が足の裏に絡み付いて気持ち悪い。振り返ると近くの足跡にはすでに水がたまり、遠くの足跡は雨で消えていた。

そのまま視線を上に上げた。レイジのクラスメイト達は何事もなかったように会話をしていた。皆何も変わらずに笑っていた。ただ窓際の高杉だけは去っていくレイジを見つめていた。目が合うと彼女は小さく手を振った。何かの間違いかと思ったけれど、無視できずレイジも振り返した。授業開始のチャイムが校庭にも鳴り響く。

校門の外に小百合の車が見えた。

「アタシが待っててって言ったの。小百合さん、きっと我慢できずに止めに入っちゃうからね」

車に乗り込むと小百合はレイジを見て何も言わずにそっと頷《うなず》いた。

渋谷駅付近の２４６はまた渋滞していた。小百合のブレーキを踏む回数が増える。

ローズは後部座席で静かに二人を見守っていた。

「お母さん、僕」

「ねぇレイジ、もう全部やめちゃおうか」

レイジの話を遮って小百合は言った。

「芸能界も学校も全部やめて、どっか遠くで暮らすの」

小百合の態度は決してジョークを言っている風には見えなかった。そしてそれは、レイジが言いかけた言葉と同じだった。

「いいの？」

「いいよ」

車は完全にストップし、ワイパーだけが二人の前を左右に動いていた。

「いつかこういう日が来ると思ってたの」

小百合の横顔をまじまじと眺めた。マネージャーとしての謹厳実直な堅苦しい雰囲気はかけらもなく、柔和で包容力のある一人の母親の顔だった。

「レイジが前にね、『お母さんはお金が欲しいだけでしょ。高い服とかおいしいご飯とか自分が食べたいだけでしょ』って言ったの覚えてる？　でもね、そんなわがままをしたことは一回もないのよ」

小百合が今着ている服も見慣れたものだった。考えてみれば小百合は四日に一遍は同じ服を着ていて、スカーフやアクセサリーで工夫してそれらしく見せているようだった。

「お父さんが亡くなった時にね、この子にお金で苦労させたくない、片親でも人より裕福な暮らしを大学生になるまできちんとさせてあげたいって思ったの。勝手に芸能界に入れたのは悪かったけどね。あなたが稼いだお金を自分のわがままに使ったことはないし、貯めたお金だけでももう大学は行ける」

レイジは小百合が自分を働かせていると思っていた。実際に仕事を行うのは僕で、自分は適当に調整だけやってただ眺めるだけ。そんな風に小百合のことを思っていた。

「ロンドンって知ってる？」

「イギリスだよね」

「そう。ロンドンに知り合いがいてね、もしよかったら来ないかって言ってくれたの。どう思う？」

自分が外国に住んでいるイメージはすぐに出来なかった。けれど、興味はあった。日本人は皆レイジのことを知っていて、国内ならばどこにいたって同じような居心地の悪さがあるわけで、いっそ海外まで行ってしまった方が安心して生活できる気がした。

「いいと思うよ」

「じゃあそうしよっか」

小百合は優しく微笑んでレイジの頬に触れた。柔らかな手のひらは気持ちよく、レイジは顔を委《ゆだ》ねてみる。

胸の奥にぽっかりと空いた穴が小さくなっていくのを感じた。レイジがずっと求めていたのはきっとこれだった。

「お母さん」

「ん？」

「ありがとう」

セリフではなく、本当の言葉でレイジはそう言った。小百合の瞳《ひとみ》がほのかに潤むと、窓の向こうで信号がぼんやり青になった。

「アタシ、その辺でいいわ」

「あら、うちに寄っていかないの？」

「ちょっと野暮用を思い出しちゃったのよ」

小百合は高架下を潜ったところで車を停めた。それが嘘だと分かっていながら。

「ローズさん、いろいろとありがとね」

「いいのいいの。息子が出来たみたいで楽しかったわ」

小百合とローズはすっかり仲良くなっていた。そしてローズは「じゃあ二人とも、ごきげんよぉ」と言って降り、ドアを閉めた。

車を走らせると、長身のローズが少しずつ小さくなっていく。見えなくなる間際で投げキッスをしたので、レイジは思わず笑ってしまった。

別れの挨拶《あいさつ》は「またね」程度の意味だと思っていた。しかしレイジはもうローズと会うことはなく、この言葉を最後に小百合とともにロンドンへと旅立った。

10 ― グレーゾーン

「わざわざ持ってきていただいたのにすいません」

「いえいえ、僕がうっかりしただけですから」

レイジはケーキを恥ずかしそうにカバンの後ろに隠した。

手ぶらで来るのもなんだなと思って買ってきたけれど、差し入れが公職選挙法に違反することをすっかり失念していた。このことを望美に話したら怒られるだろうか。それともケーキを持ち帰ったら喜ぶだろうか。

「もうすぐ戻ると思うので、ここでお待ちください」

選挙スタッフの女性は簡素なお茶を出してレイジにそう言った。部屋には「結城卓祈必勝」と書かれた為書《ためがき》が一面に貼られ、入り口には目の描かれていない達磨《だるま》が飾られている。

待っている間、渡された結城卓のビラを読んだ。プロフィールには警察官を勇退後、議員秘書を経験、区議会議員となったとある。出馬は今回が初めてらしい。それらは全てこの二十年間の出来事だった。

「おかえりなさいませ」

作業をしていたスタッフが一斉に立ち上がり、ユウキにお辞儀をした。

「お客様がいらしてます」

レイジも立ち上がって頭を下げる。ユウキは不審者を見るような顔つきだったが、それでも「わざわざありがとうございます」とお礼を言った。

「僕のこと、覚えてませんか？」

ユウキは数秒間レイジの顔をじっと見つめたが、「すいません、どこかでお会いしましたか？」と正直に尋ねた。

「二十年前、徳さんと」

「あぁ、あの時の」

それまでの怪訝《けげん》な表情は一気に晴れやかになり、ユウキはレイジに握手を求めた。しかし再び顔を歪《ゆが》めたのは、レイジが徳さんとの不正を暴露しにきたと思ったからだろう。

「今回伺ったのは、ただお話がしたかっただけです」

レイジはここまでの経緯《いきさつ》を簡単に話した。

「それで、どうして私に会いに？」

「ユウキさんにあれから何があったのか、少し気になってしまって」

「なるほど」

ユウキは「少し歩きませんか？」とレイジを誘った。運転手らしき人が「どちらまで行かれますか？」とユウキに聞いたが、「今日はいい。皆も帰っていいから」とスタッフに声をかけた。

事務所を出るとユウキは黙って夜道を歩いていった。ユウキは歳の割に早足で、レイジはついていくのがやっとだった。道玄坂を下り、渋谷のスクランブル交差点を越えて明治通りを左に曲がっていく。方向からユウキがどこを目指しているのか大体予想がついた。

通り過ぎることはあったけれど、ちゃんと訪れるのはあの日以来だ。

宮下公園の入り口を見るなりユウキは「ここも随分と変わってしまったろ」と遠い目をして言った。

そこはもはや公園と呼べる場所ではなくなっていた。敷地の半分は大型のショッピングセンターになっていて、徳さんが燃えてしまった入り口の階段もエスカレーターになっている。すっかり別の様相だった。入り口というよりは、ショッピングセンターのエントランスと呼ぶ方が相応《ふさわ》しかった。

「懐かしいって思えないのは悲しいですね」

「あぁ。寂《さみ》しい気分になるよ」

エスカレーターに乗って上がると公園内は綺麗《きれい》に舗装されて、フットサル場などの有料施設も併設されている。午後九時前にもかかわらず子供達がフットサルの試合をしていて、フェンスの外で保護者達がそれを応援していた。

二人はベンチに座った。そこはマチルダとヒロが座っていた場所とほぼ同じだったけれど、ベンチのデザインは新しかった。昔なら座った視線の先が徳さんの家の後ろになるはずだったが、今は施設管理事務所の小屋になっていた。

「あの事件があってから私はすっかり別人になってしまった」

ショッピングを終えた人々が自動ドアから流れてくる。ドアが開く度にマイルス・デイビスの「マイ・ファニー・バレンタイン」が聞こえた。おそらく閉店を知らせる曲なのだろう。

「徳さんが燃えて、ですか？」

枯れ葉がひらひらと落ちてレイジの膝《ひざ》に触れ、また落ちていった。

「私は今でも思うよ。どうしてあの人が燃えなきゃいけなかったんだってね」

「僕もそう思います」

「渋谷再開発浄化作戦の結果、この街はどうなったと思う？」

「綺麗にはなりましたね」

「あぁ。綺麗に見せることには成功した。そして渋谷の犯罪率は下がった。けれど周辺の街の犯罪率は当時の二倍以上になってしまった」

ユウキはレイジの足下に落ちた枯れ葉を拾い、「部屋を片付けても引き出しが汚いと意味ないいんだよ、街ってのは」と言った。

「ここにいたホームレス達の末路を知ってるかい。一度は保護施設へ入所したものの結局追い出されて、ほとんどはのたれ死にしたか、よからぬ商売に手を染めたかどっちかだ。安い金で殺人を犯した者もいる。グレーゾーンの人間達を無理矢理白にすることはできないんだよ。白にしようとすれば黒になる者も増える。私はあの渋谷再開発浄化作戦でそれを学んだ」

「それで政治家に？」

「いきなり何かを消したり変えたりすると、どこかに軋《きし》みが出てしまう。渋谷を見てきた私がこの街を守らなければ、この街はもっとダメになっていく」

フットサルコートからカシャンッと金属音が鳴った。ゴールネットがボールを捉《とら》えたらしい。直後に歓喜の声が上がった。

「徳さんとはどこで会ったんですか？」

「君はあの人についてどれくらい知ってるんだい？」

逆に質問されてしまってレイジは困った。そもそも自分が徳さんについてほとんど知らないような気がする。

「何も知らないと思います」

「あの人にはね、犯罪容疑がかかっていたんだ」

耳を疑った。

「徳さんが、犯罪者ですか？」

「あくまで容疑だけどね。放火殺人」

放火という響きは徳さんの燃える姿を強く思い起こさせた。

「五十年以上も前になるかな。徳さんはバーを経営していたんだ。その店が火事になってね。死亡者が一人出て、それが当時有名な歌手でさ」

レイジは徳さんとの会話を思い出した。

「とびきりの美人でよぉ、有名な歌手だったんだぜ。あんないい女はあとにも先にもアイツだけだったなぁ」

徳さんお得意の法螺《ほら》だと思っていたけれど、本当だったのか。

「事件以来、彼は行方をくらまし続けた。結局警察は彼を見つけることができず、事件は時効を迎えてしまった。けれど私は一人でこの容疑者を探した。許せなかったんだ。なぜだか分かるかい？」

「いえ」

「彼女のファンだったのさ」

ユウキは恥ずかしそうに額に手を当て、そっと顔を隠した。

「そして私はとうとう彼を見つけた」

「ここで、ですか」

ユウキはにっこりと笑って「少し歩こうか」と立ち上がった。狭い園内をゆっくりと回り、階下を眺めた。以前ブルーシートの集合住宅があったごちゃごちゃとした駐輪場は、最新型のロックシステムを導入していてすっきりとしている。もちろんホームレスは一掃され、今や見違えるように変わっていた。

「見つけてどうするつもりだったのかはあまり覚えていない。とにかく真相が知りたかったんだろう。私は強い気持ちで彼の青い家を訪ねた。しかし彼に会って面食らったよ。まるで食虫植物に近づいたハエみたいな気分さ。私の顔を見るなり彼は『いい情報があるんだ。買わないか』と言ったんだ」

「当時から賄賂《わいろ》や不正をしてたんですか？」

ユウキは大仰に蓄えられた髭《ひげ》を撫《な》でながら、「あの頃は情報を買うことくらい誰だってやってたのさ」と言った。

「でも私は人一倍だった。なんせ検挙数は全国一位だったからね」

「どうしてそこまで」

「私のオヤジも警察官でね。素直に言えば認めて欲しかったんだな」

駐輪場を親子連れが手をつないで通り過ぎていく。

「私と同じ立場になれば、自分にとって得になるのは彼を逮捕することよりも彼から情報を貰《もら》うことだって誰でも分かるはずさ。そしてもっと言えば彼がここからいなくなると、渋谷は荒れる。それは君も分かるだろう」

レイジは「はい」と小さく頷《うなず》いた。

「でも徳さんはいなくなってしまった。渋谷再開発浄化作戦が彼を殺したのさ。そしてこの街は終わってしまった。カジノなんか出来たらもうそれこそ取り返しがつかないんだよ」

公園の管理人が「すいません、そろそろ時間なんで」と退園を促した。閉園時間まであることに僕は驚いたが、時代の流れからすれば自然なのかもしれない。エスカレーターを下りながら、ユウキは「君に渡したいものがある」と言った。そして携帯で電話をかけ、「すまないが、宮下公園の下まできてくれ」と誰かに伝えた。

しばらくするとユウキの視線の先でスーツに身を包んだレイジと同い年くらいの男が手を上げている。手には革製のアタッシェケースがあった。

「ありがとう」

「いえ、自分はこれで失礼します」

男はアタッシェケースをユウキに渡し、レイジに会釈をしてすぐに踵《きびす》を返した。

「これ、警察が押収したあの人の遺品」

ユウキはそのままアタッシェケースをレイジに渡した。よく見るとそれは傷だらけで、露《あらわ》になった骨組みの金属は錆《さ》び付いている。年季が入っているという域を超えたボロさだった。

「中身を確認する時に仕方なく、開けてしまったんだ」

ダイヤルロックのついた錠は壊され、口には無理矢理こじ開けた跡がある。閉められない代わりにケースはガムテープでぐるぐる巻きにされていた。

「君に渡しておくよ。何か分かるかもしれないしね」

レイジが「ありがとうございます」とお礼を言うと、彼は渋谷の人ごみの中に消えていった。

「残ったものがこれっぽっちなんて寂しいわね。まぁ、アタシも同じようなものだけど」

アタッシェケースを見たローズは開口一番そう言った。

貼られて時間が経ったガムテープは粘着してしまって上手《うま》く剝《は》がれない。それでもレイジは定規を使って擦《こす》ったり、カッターナイフで切ったりしながら慎重に外してい革ごと剝がれてしまった箇所もいくつかあるものの、どうにかアタッシェケースを開くことができた。

中にはトランプやコイン、指サックなどのマジック道具が乱雑に散らばっていて、その下にはクリアファイルに入った切り抜きがいくつもあった。

ローズとレイジは金ピカの椅子に座ってガラステーブルにそれらの紙を並べていった。

「そうそう、昔のアナタってこんなだったわよね。可愛いわぁ」

そこには子役時代のレイジが掲載された新聞や雑誌の切り抜きがあった。よく見るとどれもスチールダンスの特集だった。日付はないものの「次期ドラマを早くも徹底解剖！」という見出しがある。つまり出会う前から徳さんはレイジを知っていたのだ。でもなぜ、スチールダンスの記事ばかりなんだろう。

「うわぁ、世々子も若いわねぇ」

気になることは他にもあった。レイジの掲載されていない記事も多数あったのだ。ひとつひとつ手に取って懐かしんでいると紙の隙間から何かが落ちた。拾ってみるとそれは若い女性が写ったモノクロのブロマイドだった。褪《あ》せた色が何十年という時間の経過を知らせる。あどけなさの残るブロマイドの女性は、儚《はかな》げに微笑みながらこちらを見つめていた。

「あら、この人、見たことあるわ。歌手の、えっと、名前なんだったかしらね。ヒット曲もあったんだけど」

「調べるから歌ってみて」

携帯でネットに繋《つな》ぎ、「わたしのなみだが」とローズが歌う歌詞を検索画面に入力していく。すると検索結果の一番上に「恋する乙女」というシンプルなタイトルが表示された。調べてみると歌っているのは「くぜ ちよこ」という女性だった。この名もどこかで聞いたような気がした。今度はウィキペディアで「くぜ ちよこ」を調べ、来歴をざっと読んだ。十八歳でオーディションに合格したちよこは「恋する乙女」で華々しくデビューし、ヒット。全国的に知られる歌手となった。しかし一九六五年—

—

「やっぱり」

「なによ」

レイジは戸惑いながらも記事を声に出して読んだ。

「渋谷のマジックバーにて火災に遭い、死亡」

急いで「マジックバー　事故　くぜちよこ」で検索する。

一九六五年十一月二十九日午前二時過ぎ、渋谷のマジックバー「PARIS」にて火災が発生し、店内にいた歌手の「くぜちよこ」こと久世智世子さん（24）は避難したものの、崩れ落ちた建物の下敷きになり死亡。一緒にいたとみられる「ＰＡＲＩＳ」の経営者「フランソワ徳山《とくやま》」さん（本名　徳山一生《かずお》　24）は意識不明の重体。出火原因は煙草とみられ――

徳さんの言ってたパリって。しかもフランソワ。

嘘だと思っていた話はどれもこれも本当だった。飄々《ひょうひょう》とした振る舞いにすっかり騙《だま》されていた。徳さんに対する印象が覆されていく。

気になることはまだあった。

久世智世子という名を見て、彼女を連想すると同時にどこで「くぜちよこ」を見たのか思い出した。神部裕未の追悼番組だ。そこで放送された彼女の人生をレイジはまだ覚えていた。

神部裕未はショーパブを経営していた父の一人娘として育った。その父も裕未が高校生になった頃に病に倒れてしまい、彼女は仕方なく通学を諦《あきら》め、親代わりとなった従業員とともに店を引き継ぐことになる。ある時、偶然店を訪れたくぜちよこと出会い、彼女の紹介で表舞台を志すように――

親代わりとなった従業員って、まさか。

急いで電話をかけるけれど数回のコールが鳴っても相手は出ず、留守電の音声が流れ始める。改めてかけ直そうと切りかけた瞬間、「もしもし？」と女性の声が聞こえた。

「どうしたの？」

「世々子さん、ちょっと聞きたいことがあるんですけど」

11 『Burn. -バーン-』

いつもより早めに稽古場《けいこば》に入ると、ベニヤの舞台セットの上でジャージ姿の世々子がすでにストレッチをしていた。

「世々子さん、早いですね」

「私ストレッチに時間かかるのよ」

レイジも更衣室に入ってジャージに着替える。このために買った新品のジャージは布地がまだ固く、動きにくい。

世々子の隣でレイジもストレッチをする。この三週間で多少身体は柔らかくなったとはいえ、まだ前屈しても地面に手は届かなかった。

「おはようございまーす」

他の役者達も稽古場にやってきてそれぞれ挨拶《あいさつ》をした。

本番まで残り一週間。稽古もいよいよ大詰めを迎えていた。

ユウキと会ったあの日からレイジは堰《せき》を切ったように脚本を書き始めた。一週間で書き上げたのは初めてで、自分でも驚くスピードだった。佐々木はどうにか出来上がった脚本を読み、ところどころ難癖をつけながらも「でもなんとかなりそうだな」と胸をなで下ろした。

「でもこれ、主演男だけど？　代役は女性で探してるぞ」

佐々木は代役のキャスティングだけでなくあらゆる調整に奔走していたようで、あの自慢の肉体はずいぶんと小さくなり、目元にはクマが出来ていた。

「主役は僕がやります」

佐々木は目の玉が飛び出そうなほど驚いていた。しかしすぐに「それはいいアイデアだ！」と絶賛した。天才子役と謳《うた》われたあの夏川レイジが二十年ぶりに表舞台に立つのだから、話題作りをモットーにしている佐々木からすれば問題などどこにもなく、むしろ最高の宣伝文句になるはずだった。

レイジは決して奇を衒《てら》ったわけではない。けれどここまで代役が決まらず、脚本が難航した分だけ出演者がセリフを覚える時間も減らしてしまったのなら、脚本家自ら演じた方が効率もいいのだ。

それにこれはレイジ自身の物語でもある。

「あと、世々子さんをキャスティングしてほしいです。本人とは話してありますし、スケジュールも都合をつけてもらっているので、あとは事務所に正式にオファーすれば平気になってるはずです」

佐々木は目を擦り、数回目瞬《まばた》きをした。

「でもなんで」

「出たいって言ったのは世々子さんの方なんです」

電話で世々子に神部裕未とくぜちよこの関係を確認した時、「この話を舞台化するつもりなの？」とレイジは世々子に聞かれていた。あのときはまだ徳さんの話を舞台にするとは決めていなかったので「まだどうなるか」と濁したが、「もしそうなら私出たい」と世々子は言った。母が影響を受けた人の役を演じてみたい、自分の名前の由来となった久世智世子という人間を知りたいと思ったそうだ。彼女の猛烈な後押しのおかげでレイジは脚本を書く覚悟が出来た。

時計の針が二本重なった。

「十二時になりましたので、稽古を始めさせてもらいまーす」

演劇スタッフの声が稽古場に響き渡った。出演者とスタッフが全員レイジのもとに集まり、「おはようございます」と挨拶すると早速稽古が始まった。いくつか変更点を説明した後、その場面を確認するためにレイジを含む役者達はそれぞれの立ち位置についた。

「それではよーい、スタート」

「運命というのは意地悪なものです。いつも足音も立てずにやってくる」

徳山はそう言って階段を上っていく。レイジはそれをじっと見つめた。

階段の頂点に立つと、階段の後ろから二人の男がゆらゆらと奇妙な動きをしながら現れる。そしてそれぞれ空のバケツをひっくり返し、何かの液体を被《かぶ》るジェスチャーをした。やがて二人の男は徳山に絡み、纏《まと》わり付く。

徳山は両手を組んで空に願いを唱えた。そして声にならない声で徳山は叫び続ける。

レイジは必死で「徳さん」と名を呼んだ。近づこうとすると、舞台袖《そで》からまた奇妙な男達が現れ、レイジを摑《つか》んで引き止めた。

徳山の膝《ひざ》ががくっと折れ、身体が崩れ落ちていく。男達は覆い被さり、徳山の首を絞めた。顔面は凄《すさ》まじい剣幕で般若《はんにゃ》のように目が吊《つ》り上がっている。それでも徳山は最後の力を振り絞った。

「……どうかぁぁあ――」

「はーい、オッケーでーす。問題ある人いますか」

徳山に絡み付いていた男の一人が「はい」と手を挙げる。

「セリフがなくなった分だけ動きの時間が短くなってしまったのですが、それは問題ないですか？」

レイジは本番での動きを改めてイメージした。徳山が頂上につくと、全身を包帯で巻いた男二人がじわじわと現れ、赤いペンキを被る。真っ赤になった二人が徳さんに絡むことによって、徳山もペンキで染められていく。その間の照明も夕暮れ、炎、血を連想させる赤。音楽は雑踏に嫌なキーンという金属音を重ねる。これであの事件を再現する。

「徳山の芝居をもう少し粘れると助かりますね」

徳山役の俳優にそう伝えると、彼は「分かった、次はそれでやってみよう」と返事をした。

それから何度もそのシーンを繰り返し、そして芝居を頭から通してみる。今までなら芝居を見ることに集中できたが、自ら演じているためなかなか客観的に見ることが出来ない。出演したことにはメリットが多いと思っていたが、デメリットも少なからずあった。自分の判断が曖昧《あいまい》な時は望美がサポートしてくれるが、その望美も今は病院だ。仕方ないので通し稽古の時は正面にビデオカメラを設置し、後で見直すしかなかった。

この日の稽古がようやく終わり、それから打ち合わせに入った。時間がない分、大慌てで衣装や機材の発注をしなければならないので毎日確認作業に追われていた。レイジの身体はこの激務に限界を迎えていたが、同じようにスタッフも頑張ってくれているので弱音は吐けなかった。

全ての打ち合わせが終了した頃には再び針が重なっていて、レイジにはもう帰る気力も体力も残っていなかった。撮影した芝居を確認する作業も今日は出来なそうだった。

誰もいなくなった舞台セットに横たわると、レイジはあっという間に眠りの中に吸い込まれた。

目を覚ますと外はすっかり明るく、窓からは朝日が入り込んでいた。仮眠のつもりが八時間も寝てしまい、レイジは目覚ましをかけておくべきだったと後悔した。机に置きっ放しだった携帯を見ると電源が切れている。この時期に連絡がとれないのはまずいと、急いで充電器に繋《つな》ぎ電源が復活するのを待った。

画面が明るくなると、不在着信を知らせるたくさんのショートメールが届いた。電話番号は03の市外局番から始まっている。留守電もいくつか入っていた。留守番電話サービスセンターにかけてみると、それは望美が入院している病院からだった。

「夏川レイジさんのお電話でよろしいでしょうか。奥様の望美様が先ほど破水しましたーー」

寝ぼけていた頭が一気に稼働する。

予定日よりも二週間も早い。

不在着信があった時間はレイジが寝てしまった少し後だった。立ち会うつもりだったが、既に産まれてしまっている可能性もある。寝てしまったことを後悔する時間はない。慌ててジャージから着替え、荷物を持ってタクシーに乗り込んだ。病院に電話をかけようとしたが、携帯を充電器から抜いてしまったせいで、電源は再び切れてしまった。要領の悪い自分を恨まずにはいられず、少し伸びた自分の髪を強く引っ張った。

どうか神様、この先のどんな不幸にも耐えますから、望美と子供を守ってください。二人が無事でいられるよう力を貸してください。お願いします。お願いします。どうか、どうか。

病院に向かう道中、レイジは繰り返しそう唱え続けた。

ふと外に目をやった。数えきれないほどの黄色い葉が空中を舞っていて、ジャクソン・ポロックの「オータム・リズム」のようだった。窓を開けると、銀杏《ぎんなん》独特の臭気が入ってくる。それは妙にレイジを落ち着かせた。なんとなく銀杏はローズに似ているなと、レイジは思った。

病院に到着するなり走って受付を済ませ、病室へ向かった。気持ちばかりが焦ってなかなか足が進まない。

ようやく病室の前に辿《たど》り着いたが、レイジはそこで足を止めてしまった。

望美が鬱《うつ》状態になった夜を思い出した。暗い部屋ですすり泣く望美。死にたいと嘆いた望美。そんな最悪の想像を今してしまうのはどうして。まさか。

レイジはもう一度、神様に祈った。

どうか、どうか。

覚悟を決めて扉を開けると、部屋中に泣き声が響いていた。

堪《たま》らず安堵《あんど》の息が漏れる。

ベッドに腰掛けた望美は産まれたばかりの子供を抱いていた。我が子は自分の出生を神様に伝えるように、大きな声でワンワン泣いていた。

「遅いよ」

「ごめん」

ありがとうございます。神様。

ゆっくりと近づいて、タオルケットに包まれた我が子の顔を覗《のぞ》き込んだ。カーテンを透過した朝日に照らされながら、産まれたばかりのその赤ん坊は顔を赤らめて泣き叫んでいた。

それはとても小さく、愛《いと》おしかった。頬を触ってみるとふっくらとしていてマシュマロのように柔らかい。今まで味わったことのない多幸感に、レイジは思わず涙した。

「何泣いてんの」

小馬鹿にしたように望美は言ったが、レイジは「すごいな、すごいよ」とそれしか言うことが出来なかった。

「いい子ね」

望美がそう言いながら揺すると、泣いていた赤ん坊はだんだん静かになり、そして目を閉じた。

子供を抱く望美はもうきちんと母親だった。あの夜が嘘みたいにしっかりしていて、つい先ほど子供を産んだとは思えぬほど生き生きとしていた。

本当にこの人を選んでよかった。そう思った途端、レイジはまた涙が溢《あふ》れた。

「抱いてみる？」

レイジは涙を拭《ふ》いて子供を抱いてみた。腕の中に収まった我が子は思った以上に軽くて、なんだかしっくりこなかった。もぞもぞと腕の位置を探っていると娘の顔が再び赤くなり、口を大きく開けて大声で泣き出した。レイジは戸惑ってしまって、望美がそうしていたように揺すってみたけれど、少しも泣き止む気配はなかった。

「あー、もー」

望美が「渡して」という具合で手を出すので、レイジは近づいて「もらって」と頼んだ。望美が受け取った瞬間赤ん坊は泣き止み、親としての才能の差をつきつけられた気がした。

「パパは下手っぴですねー。ねー灯《とも》ちゃん」

勝手に決められた名前にレイジは思わず「え？」と聞き返した。

「名前決めたの？」

「うん、灯。夏川灯。可愛いでしょ？」

「いや可愛いけどさ、なんで灯？」

「この子を抱いたときにね、温かくて眩《まぶ》しくて、あぁこれが命の灯火《ともしび》なんだって感じたの。産まれる前までなんとかしてこの子を守らなきゃって思ってたけど、守られてるのは私の方かもしれない。この先もし暗い道に迷いそうになっても、彼女がいればきっと大丈夫、明るく光を灯してくれる。そう思ったの」

望美が言いたいことはよく分かった。直接子供に触れなくても、見ているだけで温かく、明るく、優しかった。もう灯以外にこの子の名前は浮かばなかった。

ああ、俺は父親になったんだなぁ。

ふと徳さんの姿が頭をよぎった。

「パパ」

パパと呼ばれたのが自分だと思わずにしばらく考え込んでいた。望美は何度もレイジをパパと呼び、レイジが気づくと「パパ、ローズさんに声かけてきてもらっていいかな。すごく楽しみにしてたから」と言った。

廊下には誰もいなくて、自分の足音だけが響いていた。ふと立ち止まって、目を閉じる。そして引きずるようにして足を踏み出した。床が砂ではないのでジャッ、ジャッとはならず、キュッ、キュッというゴムが擦れる音がした。それでも徳さんを感じることはできた。

ローズの病室に着き、レイジはゆっくりと二度扉をノックした。

子供の姿を見た途端、「なんて可愛いのぉ」と言うローズの顔が目に浮かんだ。きっと思わず自分達も笑ってしまうようないいリアクションをしてくれるに違いない。

しかし返答はなかった。もう一度ノックをしてみたけれど、やっぱり何もなかった。もしかしたら寝てるのかもしれない。

施錠を知らせる色は青になっていたので、鍵《かぎ》は開いているようだった。レイジはそっとドアを開けてみた。

ローズの病室はがらんどうで何もなかった。あったのは、ローズの残り香と開いた窓から流れ込んだ銀杏の葉、それだけだった。

＊

電車を降りると、服の隙間から冬隣《ふゆどなり》を知らせる風が入り込んでくる。レイジはジャンパーのファスナーを首元まで閉めながら、改札を抜けた。

残念ながら結城卓は落選した。僅差《きんさ》ということもなく、完全に大敗してしまった。おそらくカジノは建設されるだろう。渋谷の景色はまた変わってしまう。とレイジは肩を落とした。

スクランブル交差点で信号待ちしていると携帯が鳴った。

「もしもし」

「レイジ？」

「そうだけど」

レイジは通話したまま携帯の画面をちらっと見た。午前十一時。ということは、ロンドンはまだ深夜午前二時だった。

「なんかあった？」

「何もないわよ。今日から本番なんでしょ？」

「あぁ」

「頑張ってね。来週日本行く都合つけたから、その時公演観に行くわ。久しぶりにレイジの演技も観たいし」

「孫の顔もね」

「ばれた？」

小百合は電話越しにお茶目な声を出した。交差点の信号が青に変わり、レイジは再び歩を進めた。

「そういえばこっちでレイジと同級生だったチャールズがね」

「母さん、国際電話はお金かかるから、今度帰ってきた時にゆっくり話聞くよ」

「あら、そう？」

それまで陽気だった小百合の声が少し暗くなった。

「母さん、ありがとうね」

「何が？」

「じゃあね」

電話を切ると、望美から写真が添付されたメールが届いている。開くと「パパ頑張ってね」というメッセージの下に灯の安らかな寝顔写真が貼られていた。たった一週間で灯は随分とこの世界に慣れたようだった。レイジは自然に頬が緩んだが、気を引き締めて公園通りの緩い坂道を上がっていく。

アメリカのアパレルショップ「GAP」を越えたところに渋谷パルコ　パート1はあった。左に曲がるとレイジの公演のポスターがでかでかと掲示されていた。アップになった自分の写真に若干照れたけれど、それ以上に公演初日だということを実感し、武者震いをする。ポスターには「Burn.－バーン－」というタイトルが打たれていた。

エレベーターで九階に上がると、知り合いの役者達から届いた花が受付に飾られている。花屋が丁寧にそれらを並べている中、レイジは楽屋に入った。

本番は午後七時からだが、舞台初日は二時からゲネプロと呼ばれる最終リハーサルを行う。それから記者会見をして、最終確認とダメ出し。慌ただしく予定をこなし、時刻はあっという間に午後五時になっていた。

本番までの間、レイジは一人客席に座っていた。舞台ではスタッフ達が最終調整をしたり、掃除をしたりしている。

改めて舞台を見た。稽古場《けいこ》とは違い、しっかりと作り込まれたセットは文句なく秀逸で、レイジは腕のいいスタッフ達に心から感謝した。

開演時間まであと二時間。レイジは集中して舞台に立つ自分をイメージした。

大丈夫だ。稽古は十分にやったし、セリフは完璧《かんぺき》に頭に入っている。なにより演じるのは自分自身だ。不安になることは何もない。

そう言い聞かせれば聞かせるほど、胸の奥がざわつく。これは緊張なのだろうか。本番のことを考えれば考えるほど、心拍数は上がっていく。けれどこうなることは予想済みだった。

レイジはポケットから新品のトランプを取り出し、セロファンを剝《は》がした。そして五十四枚のカードを素早く切る。

それは一種のおまじないだった。あの時のようにトランプを夢中になっていじれば、気分も落ち着く気がしていた。

腕はまだ落ちていなかった。そう思った直後、一枚のカードが手のひらから零《こぼ》れ、前の座席の下に滑り落ちていった。拾おうと前屈《まえかが》みになって手を伸ばすがなかなか取れない。すると、誰かが前の席から滑り落ちたトランプを拾い上げた。

顔を上げてその人を見上げると、そこにいたのは徳さんだった。煙草を咥《くわ》えた徳さんがカードを一枚持って立っていた。にやりと黄色い歯を零すと、口の隙間から煙が溢《あふ》れた。

まじまじと彼を見ていると、隣から覚えのある匂いがした。

まさかと思って振り返ると、かつてないほど入念にメイクしたローズが真っ赤なスパンコールのドレスを纏《まと》って座っていた。そのメイクは少しも崩れていないにもかかわらず、コンパクトミラーでチェックしながら頬や鼻を何度もパフで押さえている。

目が合うと、ローズは黒で大きく縁取られた唇をきゅっと上げた。

徳さんもレイジの隣に座った。そして拾ったカードを差し出した。レイジはそれを受け取り、再びすばやくカードを切ったが、またしても途中でつっかえたりして上手《うま》くいかなかった。見兼ねた徳さんはカードの束を奪い取り、そして滑らかにカードを切った。軍手をした手が懐かしい。時折一番上のカードを捲《めく》ってレイジとローズに見せた。何度切っても一番上のカードは常に同じで、ローズは嬉《うれ》しそうに拍手をした。

二人に挟まれながら、レイジは背もたれに寄りかかった。不思議と気分が落ち着いていく。

なんだか眠たくなって瞼《まぶた》を閉じると二人の匂いをより感じた。汗と香水の混じり合った気持ち悪い臭いがレイジを包む。そのまましばらくこの郷愁に身を委《ゆだ》ねた。

「レイジさん、そろそろ準備お願いします」

その声に目を開くと、手のひらにはまだセロファンの付いた新品のトランプがあった。

レイジは立ち上がって左胸を叩《たた》き、指先を擦《こす》り合わせ、そして手を開いた。

――燃やすよ。

楽屋に戻り、全ての準備を終え、出演者達と共に大広間に集まった。ストレッチしてリラックスする人、発声練習をする人、歓談して気を落ち着かせる人。皆様々な方法で本番に備えている。

「じゃあレイジさんから一言気合い入れてもらっていいですか」

そう促したのは世々子だった。皆の視線が自分に集まるので、レイジは深呼吸をして口を開いた。

「えー、ここまで全員、やれることはやってきまし――」

突然、リリリリンという金属音がレイジの挨拶《あいさつ》を遮った。劇場からやかましく鳴り響く警告はおそらく火災報知器によるものだ。

「火事？」

数人の出演者が動揺する中、「すいません、今確認してきます」とスタッフが駆けていった。するとすぐに非常ベルは鳴り止み、アナウンスが天井から聞こえた。

「ただいまの非常ベルは火災報知器の誤作動によるものでした。大変申し訳ありませんでした」

レイジは俯《うつむ》いて微笑んだ。

改めて挨拶をし、各自ステージの袖《そで》にスタンバイした。開演を知らせるブザーが鳴り、客席とステージがゆっくりと暗転していく。

真っ暗になったステージを歩いていき、蓄光テープを目印に真ん中まで歩いていく。正面を向くと勢いよく照明が点灯した。

煌々《こうこう》とした光に包まれながら、レイジは初めのセリフを口にした。

「ただいま」

THE END

あとがき

しっこいくらい自分の胸に刻んでいる言葉があります。それは「『初期衝動』と『熱量』」です。

本作を執筆するにあたり、『ピンクとグレー』『閃光スクランブル』を経て自分が次に何を書きたいのか、何を書くべきなのかがわからなくなってしまい、当時はまるで靄《もや》のなかに放り込まれてしまったような気分でした。ぼーっとアイデアが浮かんでくるのを待つことしかできず、そうやって待っているうちにすっかり休んでしまって、体温は冷めていくばかりでした。どうにもこうにも、ちっともやる気が出ないのです。処女作に取り組んだときの衝動は一体どこへいったか。あの熱はどこへ消えてしまったか。

もう一度『ピンクとグレー』を書いたときのように、初めて小説というものを作る気分で作品に臨みたい。それが今作に挑み始めた時の心境でした。

その頃、ちょうど友人夫妻から一人目の子供ができたという喜ばしい報告がありました。以来、子供が生まれてくるまで様々な場面に立ち会い、話を聞かせてもらったのですが、その間の二人の苦労（という簡単な言葉で片付けるわけにはいかないほどのもの）を見ていると、生むこと、生まれること、生きること、生かされることがいかに凄《すさ》まじいことかを痛切に感じました。

また彼らが幸せな新しい家族を築いていくことを願う一方で、果たして家族とはなんなのかというシンプルな疑問が頭をもたげるのです。

血の繋《つな》がりのない家族、たとえそれが一時的な疑似家族に近い形でも、友人より家族に近い関係がこの世にはたくさんあるはずでしょうし、それが救いになることもきっとあるでしょう。神という存在もそれに類するところがあるかもしれません。

とにかく、僕は友人夫妻とその子供から「生」を感じました。そこに消えかけた「初期衝動」と「熱量」を取り戻すヒントがあるように思えたのです。

家族というテーマと、二つの前作から続いている渋谷《しぶや》という場所、それから「初期衝動」と「熱量」という言葉の印象から浮かんだ焼身のイメージをもとに作品に取りかかったわけですが、今振り返ってみれば処女作を書いたときと同じ「初期衝動」と「熱量」だったかというとそうではなかったかもしれません。あのときの感覚を再現しようとしてもまったく同じにはならないのです。

それでも『Ｂｕｒｎ．－バーン－』を書きたいと思ったときの動機と興奮だけは忘れないよう努めました。トークイベントの文字起こしのなかにもありましたが、「自分に厳しく」と書いた付箋《ふせん》をPCに貼っていたのもそういった理由からで、気を抜かないよう必死で作品と向かい合う決意をし、なんとか『Ｂｕｒｎ.－バーン－』を書き上げました。『ピンクとグレー』や『閃光スクランブル』は数か月で初稿を書き上げたのにもかかわらず、本作には十か月ほどの時間がかかりました。その差だけでも僕がどれほど悩み迷っていたかがわかります。

舞台の締め切りに追われるレイジにシンクロしながら（僕は天才子役ではありませんでしたが）生み落としたこの作品には、僕自身多くの発見がありました。なかなか生み落とすのに苦労しましたが、おかげで本作も他の作品同様、僕の大切で愛しい灯《こども》となりました。

本作を書くにあたり取材に協力してくださったみなさま、ありがとうございました。そして丁寧な解説を書いてくださった大矢博子さん、本作のみならず次作の『傘をもたない蟻たちは』にまで触れてくださりありがとうございました。なによりテーマのきっかけをくれた友人夫妻、いろんな話を聞かせてくれて本当にありがとう。

僕をいつも焚《た》きつけてくれるレイジアゲインストザマシーンにいつまでも感謝を。そしてティック・クアン・ドックにいつまでも畏敬の念を。

最後まで読んでくださりありがとうございました。

平成二十九年六月　加藤シゲアキ

解説

大矢博子（書評家）

小説を書くということが、加藤シゲアキの中で着実に積み上がっている。

一緒に芸能界入りするも道が離れてしまう幼馴染《おさななじみ》の少年ふたりを描いたデビュー作『ピンクとグレー』（角川文庫）、パパラッチとアイドルの奇妙な逃避行を綴《つづ》った『閃光スクランブル』（同）。本書は前二作同様に、渋谷《しぶや》と芸能界をモチーフにした〈渋谷サーガ〉の三作目だ。

物語は、舞台劇作家の夏川《なつかわ》レイジが、演劇界の大きな賞を受賞する場面から始まる。かつてレイジは天才子役として人気だったが、小学四年生で役者を引退したという過去を持つ。だが作り手に転身することで三十歳という若さでの最高賞受賞、マネージャーでもある妻・望美《のぞみ》は妊娠七ヶ月と、まさに幸福の絶頂にあった。

ところが授賞式の帰り道に、レイジと望美は交通事故に巻き込まれてしまう。レイジはケガで済んだものの望美の意識は戻らない。そんな時、病院の中でレイジは思いがけない人物と二十年ぶりに再会することになる。

その人の名はローズ。レイジが子役として活動していた小学生の頃、渋谷で出会ったドラッグクイーンだ。実はレイジには、子役時代の記憶がなかった。無意識に封印していたようなのだが、ローズと再会したことで、当時を少しずつ思い出していく。

——というのが本書の導入部で、この後、現在と二十年前を行き来しながら物語が進んでいく。

既刊の『ピンクとグレー』は友情、『閃光スクランブル』は恋愛をテーマにしていたが、本書の核は家族だ。

子役時代、レイジの心は空っぽだった。学校でいじめられたときは、目と耳を閉ざし抵抗しない。職場では大人受けを狙って敢《あ》えて子どもっぽく振る舞う。天才子役と言われたのも、確たる自分を持たないがゆえに「ハードウェアの自分に『役』というソフトをインストールして取り込めば済んでしまう」から。序盤のレイジはまるで感情を持たない、機械のような子どもとして描かれている。

そんな時に知り合ったのが、ホームレスの徳《とく》さんとドラッグクイーンのローズだった。ふたりはレイジに〈魂を燃やす〉ことと〈楽しむ〉ことを教える。徳さんとローズが、空っぽだったレイジの心を少しずつ埋め、レイジが自然な感情を獲得していく過程がひとつの読みどころだ。三人は他人ではあるけれど、レイジが甘えたり、拗《す》ねたり、互いに心配しあったり、一緒に笑ったり、時には厳しく接したりする様子はまさに家族そのもの。ふたりに出会ったことでレイジは初めて、ちゃんと〈子ども〉になれたのだ。

巧《うま》いなあ、と思った箇所が二つある。ひとつはちゃんと〈子ども〉になったレイジが、これまでのような演技ができなくなったこと。自分が空っぽではなくなったので、「役」というソフトをインストールできなくなったことを表している。

そしてもうひとつは、レイジを〈不幸な家庭の子ども〉にはしなかったところだ。父はいないが、母親はちゃんとレイジを愛している。だがレイジの方にそれを理解する器がなかった、という描き方になっているのがいい。外に〈疑似家族〉を持ったことでレイジ自身が変化し、母の心を理解できるようになる。この設定が、一見突飛なように見える本書を普遍的な物語にしていることに気づかれたい。私たちは、身内以外にも今の自分を作ってくれた人――つまり〈親〉のような存在を、誰しも持っているものだから。

そんな記憶が、なぜ封印されなければならなかったのか。大きな事件が起きたからだ。詳しくは明かせないが、親にも等しい人たちが巻き込まれた事件の封印を解き、今度はレイジ自身が親になる、とだけ書いておこう。

さて、冒頭で私は「小説を書くということが、加藤シゲアキの中で着実に積み上がっている」と書いたが、それはどういうことか。〈渋谷サーガ〉における本作の位置付けを、その構成とテーマから見てみよう。

この三部作はいずれも、時制や視点が行き来するのが特徴だ。たとえば『ピンクとグレー』では現在と過去、『閃光スクランブル』では主人公とヒロインの視点が交互に綴られる。そして本書では、二十年前と現在が並行して語られている。

これにはもちろん意味がある。『ピンクとグレー』は不穏な現在をまず見せることで「過去に何があって、この現在につながるのか」というミステリ的興味で読者を引っ張る効果があった。また『閃光スクランブル』での視点の併用は、主役ふたりの心情を双方から描くことで読者が神の目線でふたりを俯瞰《ふかん》することができ、感情移入を容易にした。いずれも、読者を物語に取り込む手練《てだ》れのテクニックだ。

本書でも、過去と現在を並行させることで「封印された記憶とは何なのか」という興味を起こさせているのは間違いない。また、直接描かれこそしないものの徳さんやローズの背景が自然と浮かんでくるような描写になっているのは、『閃光スクランブル』を経たがゆえだろう。

だが、それだけではない。本書はただ過去と現在を並べたのではなく、レイジが

〈子どもになる〉過程と〈親になる〉過程を並行させているのがポイント。それにより、人は誰かに育ててもらった子ども時代を経て親になるのだという主題が明確になる。『ピンクとグレー』『閃光スクランブル』が主人公ふたりの関係を描いているとするなら、本書は夏川レイジという人間の〈再構築〉を描いていると言っていい。

この〈渋谷サーガ〉三冊にはもうひとつ共通点がある。既刊を未読の方のためにボカした書き方になるが、三冊とも物語の終盤で、主人公が事件の中枢から離れる時期があることだ。その結果、主人公の外部では最も混乱していたはずの期間が描写されない。前の二作では、エピソードが煩雑になるのを避け、主人公の内面に特化させるのが狙いだったと思われるが、本書は違う。そのブランクがレイジの〈記憶の封印〉を象徴しているのだ。そしてその封印を解くことで、レイジの子ども時代と現在が、同時にリスタートを切るという構成になっている。これがレイジの〈再構築〉というメインテーマに多重的につながっていくのである。実に巧い。

過去二作で培った技術が、本書で十全に活《い》かされ、さらに飛躍していることがお分かりいただけたと思う。そのテーマからも、技法からも、本書が〈渋谷サーガ〉の集大成であり、ホップ、ステップに次ぐジャンプの位置にある一冊であることは間違いない。

そのジャンプの行く先は、この後に出た著者初の短編集『傘をもたない蟻たちは』(KADOKAWA)だ。渋谷、そして芸能界という住み慣れた場所を飛び出し、幻想小説、SF、ミステリ、ギミックにあふれたサラリーマン小説からひりつくような恋愛小説、そして青春小説まで、驚くほどの引き出しの多さを示してくれた。

加藤シゲアキはトップアイドルグループNEWSの一員として多忙な日々を送っているが、二〇一二年の作家デビュー以降、こうしてコンスタントに小説を上梓《じょうし》しているのは読者として実に嬉《うれ》しい。これまで書いてきたものが蓄積され、まったく新しい次の作品へと昇華される様子は、作家・加藤シゲアキの幹が一作ごとに太くなり、枝が伸び、葉が茂っていくかのようで、ワクワクさせられる。

次はどんなものを読ませてくれるのか。楽しみでならない。そう期待させるだけの実績が、既に加藤シゲアキにはあるのだから。

『Ｂｕｒｎ．－バーン－』刊行記念トークイベント
加藤シゲアキ×杉江松恋（文芸評論家）

渋谷が舞台、実体験の割合は

杉江　最初に書かれた『ピンクとグレー』は、ダブルと言われる小説の定型、分身に近い関係をもつ二人の話。次の『閃光スクランブル』はボーイ・ミーツ・ガールの小説です。今回の『Ｂｕｒｎ．－バーン－』に関して言うと、人間としての核がない、うつろなひとが、そこに自分自身で入れるべきものを見つけていく小説。うつろなひとが大事なものを見つける小説だと思って、そういった意味でいい青春小説だなと楽しく読ませていただきました。これらは〝渋谷《しぶや》サーガ〟シリーズと言われていて、渋谷と芸能界をテーマにした三作なんですが、この渋谷の街というのは加藤さんにとってどんな意味を持つ街なんでしょう。

加藤　僕自身が青山《あおやま》学院に中学校から通っていて、大学四年間のうち二年は違うところでしたが、十年間渋谷に通っていました。それにジャニーズのタレントとしても土日NHKでお仕事させていただくことも多く、一週間ほぼ毎日通っているような生活を送っていたんです。大人になると渋谷に来る機会は減ったのですが、しばらくしてまた来たりすると、ほとんど景色が変わっている。僕が使っていた東横《とうよこ》線は改札が塞《ふさ》がれていたり、ヒカリエができていたりとか。自分が馴染《なじ》んでいた景色がすごい勢いで変わっていくというのは、便利という意味ではいいんですが、ちょっとさみしさもあったりして、ざわざわした気持ちになる。そういうこともあって毎回、僕自身が小説の題材として選んでしまうんだなぁと思いますね。

杉江　今回は宮下《みやした》公園が舞台です。何か思い出はありますか。

加藤　僕は宮下公園でカツアゲにあったことがあって。中学一、二年の頃なんですが、それはそれは怖くて（笑）。違う学校のかただったんですが、本当に怖くて忌々しい記憶で、大嫌いな場所だったんです。それがいまではすごいキレイになって、景色が変わった。ちょっと前には「宮下NIKEパーク」に名称が変わるということで、いろんなところでデモが起きたりして。あるひとにとっては大事な場所、愛している場所であって、あたり前なんですけど、人によって思ってることが違うんですよね。宮下公園という場所を使ってそんなことを表現してみたいなと。

杉江　そういうことが書けるモチーフだったんですね。

加藤　あと、作中に登場するホームレスの徳《とく》さんにフィーチャーしたかったので、舞台としてピッタリだと思いました。

杉江　学生の登場人物も多いですよね。青山学院での学生時代がベースになってるということもあるんでしょうか。

加藤　そうですね、やっぱりあると思います。それが一番色濃く出てくるのが『ピンクとグレー』で、実体験を膨らまして、それをずらして書いていった部分があるんですけど、想像で書くよりも実体験で書くほうがリアリティが増すとは思っていて、そういう意味ではついついやってしまうことが多いかもしれませんね。

杉江　フィクションを書く時は、どんな人でも自分の中にあるものをデフォルメしたり、あるときは拡大したり裏返したりして使います。加藤さんはご自分で実体験をどれくらい使っていると思いますか。

加藤　割りと使ってると思いますね。感じたことはほとんどそうですが、それをまま使うのは好きじゃなくて。ぜんぜん違う人を頭の中で連れてきたりとかすることは多いですね。ただ『Ｂｕｒｎ．－バーンー』の中にある金魚すくいをするエピソード、あれは本当にあった話です。これを書くきっかけ……今回家族をテーマにしたんですが、今まで家族というものを書いてこなかったのは、僕自身が特に家庭に難があったわけではなく、割りと平凡で。兄弟もいないので考えるきっかけがあまりなかったんですけど、この先そこを避けて通れないかな、と挑戦した部分がありました。想像ばかりでは薄っぺらくなると思い少し怖かったんですけど、友人同士が結婚して、妊娠して、出産したんです。すごく仲良くさせていただいているご夫婦だったので、横でずっと喧嘩《けんか》したり何だりの成り行きも見ていたんです。その夫婦と実際にお祭りに行って金魚すくいをして。そういう実体験からエピソードに盛り込んでいくことはありますね。

杉江　小説を書くときに、そういった実体験のストックみたいなものを引き出してくるのって、どんな感じがしましたか。

加藤　やっぱり必要なときだけ書くべきだと思っていて。物語のじゃまになるものを書く必要はないので、どちらかというと勝手にキャラクターたちが動いていってしまうということが多いです。「ああ、祭り行っちゃった！」みたいな感じでしたね（笑）。

杉江　僕ね、加藤さんの小説って、一番の長所は読みやすいところだと思うんです。デビュー作の『ピンクとグレー』には才気走った要素があって、書評にも書きましたがいろいろと面白い表現がありました。そういうところは本当に加藤さんオリジナルのセンスが出てくるところだと思うんですけど、文章が読者のためを考えて、ユーザーフレンドリーな感じ、読みやすさ第一に考えているところがある。それがプロの作家としてとてもいいと思います。

加藤　嬉《うれ》しいです。

杉江　するする読めるでしょ？　そこがすごい新人らしくない（笑）。

加藤　サービス精神が多いねって、いつも編集の人にも言われます。今回すごく時間がかかって、書き上げるのに十か月くらいかかってしまって。いつも三か月位でだいたい書けるんですけど、あいだにNEWSの仕事が入ったり、ツアーもあったので、集中できなくて全然書けなかったんですよね。それもそれで困っちゃったなと……。

杉江　もう一ついいのが、小説の中に嘘がないこと。加藤さんらしくないものが入っていない。つまり全部が加藤さんの分身ではないけれど、加藤さんが感じたり体験したものが下敷きになっていたり、感覚であるとかそういうところで着飾ったところがないというのがすごくいいと思うんですよね。だから書けない時は書けない、でいいじゃないって思うし、本業のNEWSの活動が忙しいときは書けないというのがすごく自然なことだから、それはいいことなんじゃないかと。

「自分に厳しく」プロとしての意識

加藤　読みやすいって言われるのは、すごく嬉しいんですけど。それこそ今回十か月死に物狂いで、パソコンの縁に「自分に厳しく」って書いた付箋《ふせん》を貼って、そこだけ見たら本当にあぶないんじゃないかって思われそうですけど、そういうのを書いて貼ってたんですよ。それを「二時間で読みましたー！」って笑顔で言われると寂しい気持ちもちょっとだけある（笑）。本を読むって能動的なことなので体力も使うと僕は思っていますし、楽しんでいただけたら嬉しいんですけどね。

杉江　今回で三作目になりますからプロとして書いてるという意識があると思うんです。好きなことを書けばよかった『ピンクとグレー』のときと、今とでは意識はどういうふうに変わりましたか。

加藤　それまで僕はそんなに本をたくさん読んできた人生ではなかったんです。書くのが好きで、いろんなタイミングがあって書けたのが『ピンクとグレー』だと思うんですけど、書いた後に本を読むのが好きになって、もっといろいろ読むようになったんですよ。書いてる分だけ読む時間が少なくなってしまったのが寂しいんですけど、本を読むのが好きになって、作家に対して以前よりもさらにリスペクトが生まれたんです。文学賞を取って本を書いているわけでなく、僕のような新人がこの世界に飛び入りするということは、それなりにちゃんとマナーとかが必要かなと思うし、何より読者の方に楽しんでもらうこと、そして作家さんからも「あいつはちゃんとやってるな」と思われる姿勢が大事かな、と変化していった部分はありますね。

杉江　たとえば自分で本を読んだ時に、どういうような感覚が味わえたら読者として満足すると思いますか。
加藤　僕は映画もそうなんですが、もう一回思い出してしまうことでしょうか。読んでよかったなぁ、であまり思い出さない作品もある。でも逆にすごく読みづらい小説を読破した時に、結果すごく好きになってしまうということが多々あって。読んでいるときは「なんだこれ読みにくいな」と思うんですが、終わった後に、はぁ？　ってなるような小説が好きで。僕は今のところエンタメを意識して書いてきたので、いつかはそういうものも少しやりたいです。きれいなものの中にある毒とかえぐみ、アクのようなものを大事にしていきたいと思っていますね。
杉江　甘くてフワフワしただけのお菓子みたいなものではなくて？
加藤　そうですね。「あれこの後味はなんだろう？」みたいなものがいいかなとは思ってますね。
杉江　小説としての存在感みたいなものがないといけないですよね。
加藤　僕は自分が書くような小説を意外と読んでいなくて。不思議だなぁと思うんですけど。
杉江　どっちかというと、いわゆる純文学作品のほうが多いですか？
加藤　もともとサリンジャーが好きだったし、このあいだ読んで面白かったのは話題になっていた松田青子《まつだあおこ》さんの『スタッキング可能』とか。
杉江　面白かったでしょ？
加藤　いやぁ、面白かったですね、ぶったまげました。あとは福永信《ふくながしん》さんの『一一一一』これは小説なのか？　っていう。僕の友だちには本読みが多いので、僕が読めない時間にかわりに読んでもらっているというか（笑）、面白いものだけ教えてっていうと、みんなが薦めてくるものにそういう作品が多くて。とんでもないなと思いましたね。僕は、起承転結とか伏線の回収とかついつい意識してしまうんですが、僕と真逆にいる方々の作品を読むと、もっと自由に書いても許されるのが本なんだなぁって。そのぶん面白く読ませるのは難しいと思うんですが、もっと自由でいいんだってことに三作書いて気付きましたね。
杉江　将来的にはどんなものでもやれるわけじゃないですか。三作で進路が決まったわけではなくて、これからいくらでも進化していける。
加藤　いつも書いている時に、初めて書くからこれだ、二作目だからこれだっていつも意識して書いているんです。三作目は、前の二作はこうだったから次はこれだってというのを常に意識して、壊しつつ、いいところは残しながら書いてきたので、そうやってこれからも書いていけたらいいなと思ってますね。
杉江　なるほど。新作『Ｂｕｒｎ.-バーン-』を、僕以外まだ誰も読んでいないと思うんですが、どんな小説かというのを作者として紹介して頂けますか。

加藤　さっき杉江さんが言ってくださったような、うつろな人がという話がありましたが、ざっくりいうと「人が子どもになる話」と「人が大人になる話」を二つ書いているんですね。大人の話をよく聞く子どもがいい子って言われますよね。僕も割りとそういう子で手がかからなかったって言われるんですけど、子どものほうが自分の感情に素直にいられることが大事で、でもそれをあとになって感情を獲得する人もいるんじゃないかな、と。そういった子ども時代を描きたいと思ったし、大人の時代については、誰もがいつかは経験するかもしれない〝父になる〟ということを書きたいなと思っていました。それを過去からまた学ぶということが話のキーになればいいし、読み終わった後に自分のことを見つめ直してもらえればいいかなと思います。

杉江　今仰《おつしや》ったことを含め、弱い心がだんだんと強くなっていく感じがすごく楽しく読めたので、いまモヤモヤッとして自分の中になにか頼りないものがあると思っている人が読んでくれたらいいなと。そうすると芯《しん》ができるんじゃないかなって思います。最後に、これから読む人へメッセージをお願いします。

加藤　『Ｂｕｒｎ.－バーンー』というタイトルにはいろんな意味が込められているんですけど、何より僕自身が書いているときに、それこそ二作書いてきて、ちょっと落ち着いたものを書いてしまいそうになる自分が嫌で。「燃やせ！　俺」って気持ちで書いていたので……。
杉江　パッションだ！
加藤　そう、パッション！　これを読んでそういう気持ちになっていただけたら嬉しいなと思います。パッションでお願いします。

会場のファンからの質問に答えて

──『Burn. -バーン-』の主題でもある、家族をテーマに写真を撮るとしたら、どういうものを被写体にしたいですか？

加藤　難しいなぁ！　この話は家族がテーマなんですけど、実際は擬似家族的な部分がすごく強いんです。本当の血の繋《つな》がりではなく、心の繋がりという部分で家族になれたらいいなぁってこともあるし、父という存在が、実際の父親以外に憧《あこが》れの父とか、追いかけたい背中とか、父的なカテゴリになるんじゃないかなと。いろんな自分が父として目指す背中があるんじゃないかなとずっと思ってきたので、そういうものを描いたつもりなんです。なので……「背中」かな？　実際の父親じゃなくても、後ろ姿というものに父という存在が繋がるんじゃないかと思います。

──NEWSのコンサートツアーと執筆活動の期間が重なっていたということで、ファンとの交流が作品に影響している部分があれば教えてください。

加藤　主人公のレイジが大人の時代、三十歳から物語が始まるんですが、彼の職業は劇作家なんです。元は天才子役と言われて、今は演劇を作っている作家。舞台を作らなくちゃいけないと課せられているところから始まるんです。今までの二作品は表に出る人間を描いてきたんですけど、元表で今は裏方でという部分を今回は書いています。全体を通してステージというものを書いてはきたんですが、そういう意味で今回ツアーを作って完成させるという一部始終を経験しながらだったので、多少なりとも反映されている部分はあるんじゃないかと思います。

２０１４年3月23日、アイビーホール青学会館で行われた単行本刊行イベントの内容を再構成しました。

本書は二〇一四年三月に小社より刊行
された単行本を元に加筆・修正を行い、
文庫化したものです。

Burn. -バーン-

加《か》藤《とう》シゲアキ

平成29年 7月25日　初版発行
令和6年 4月5日　8版発行

発行者●山下直久

発行●株式会社KADOKAWA
〒102-8177　東京都千代田区富士見2-13-3
電話　0570-002-301(ナビダイヤル)

角川文庫 20425

印刷所●株式会社KADOKAWA
製本所●株式会社KADOKAWA

表紙画●和田三造

●お問い合わせ
https://www.kadokawa.co.jp/(「お問い合わせ」へお進みください)
※内容によっては、お答えできない場合があります。
※サポートは日本国内のみとさせていただきます。
※Japanese text only

ISBN978-4-04-105506-9　C0193

JASRAC 出 1707061-408

◆◇◇

角川文庫発刊に際して

角川源義

第二次世界大戦の敗北は、軍事力の敗北であった以上に、私たちの若い文化力の敗退であった。私たちの文化が戦争に対して如何に無力であり、単なるあだ花に過ぎなかったかを、私たちは身を以て体験し痛感した。西洋近代文化の摂取にとって、明治以後八十年の歳月は決して短かすぎたとは言えない。にもかかわらず、近代文化の伝統を確立し、自由な批判と柔軟な良識に富む文化層として自らを形成することに私たちは失敗して来た。そしてこれは、各層への文化の普及滲透を任務とする出版人の責任でもあった。

一九四五年以来、私たちは再び振出しに戻り、第一歩から踏み出すことを余儀なくされた。これは大きな不幸ではあるが、反面、これまでの混沌・未熟・歪曲の中にあった我が国の文化に秩序と確たる基礎を齎らすためには絶好の機会でもある。角川書店は、このような祖国の文化的危機にあたり、微力をも顧みず再建の礎石たるべき抱負と決意とをもって出発したが、ここに創立以来の念願を果すべく角川文庫を発刊する。これまで刊行されたあらゆる全集叢書文庫類の長所と短所とを検討し、古今東西の不朽の典籍を、良心的編集のもとに、廉価に、そして書架にふさわしい美本として、多くのひとびとに提供しようとする。しかし私たちは徒らに百科全書的な知識のジレッタントを作ることを目的とせず、あくまで祖国の文化に秩序と再建への道を示し、この文庫を角川書店の栄ある事業として、今後永久に継続発展せしめ、学芸と教養との殿堂として大成せんことを期したい。多くの読書子の愛情ある忠言と支持とによって、この希望と抱負とを完遂せしめられんことを願う。

一九四九年五月三日

好評既刊 “渋谷サーガ”シリーズ第１弾

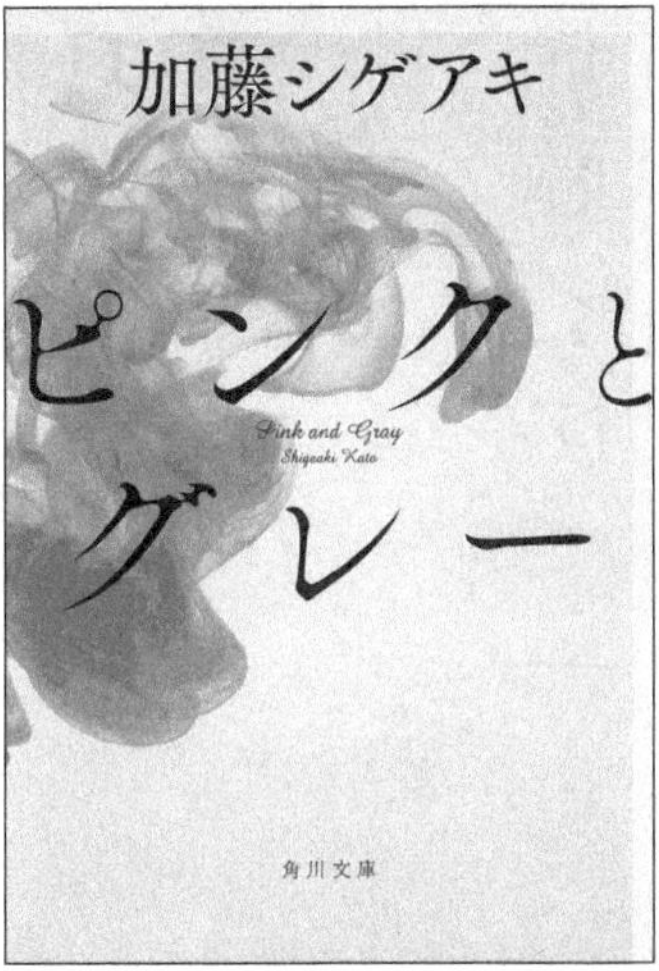

『ピンクとグレー』
加藤シゲアキ

絶望的に素晴らしいこの世界の真ん中に
僕は君と共にある。

累計42万部の大ヒット、NEWS加藤シゲアキ衝撃のデビュー作！
ジャニーズ初の小説家が、芸能界を舞台に描く二人の青年の狂おしいほどの愛と孤独。各界著名人も絶賛した青春小説の金字塔。

角川文庫
ISBN 978-4-04-101218-5

ISBN 978-4-04-103624-2

好評既刊！

『傘をもたない蟻たちは』

加藤シゲアキ

無限の悲しみはどこまでも僕を埋め尽くす。
生きづらさを抱えた人々の痛みと希望を描く、初の短編集。

美大生の短く激しい恋を描いた「染色」、
脱サラしたエリートサラリーマンの皮肉な運命を綴る「Undress」、
突然空から降ってきた宇宙生物と人間の食欲をテーマにした「イガヌの雨」など、
いまを生きる人々の「生」と「性」を浮き彫りにする6編の物語。

単行本

ISBN 978-4-04-102833-9

角川文庫ベストセラー

県庁おもてなし課　有川　浩

とある県庁に生まれた新部署「おもてなし課」。若手職員・掛水は地方振興企画の手始めに、人気作家に観光特使を依頼するが、しかし……!? お役所仕事と民間感覚の狭間で揺れる掛水の奮闘が始まった！

グラスホッパー　伊坂幸太郎

妻の復讐を目論む元教師「鈴木」。自殺専門の殺し屋「鯨」。ナイフ使いの天才「蝉」。3人の思いが交錯するとき、物語は唸りをあげて動き出す。疾走感溢れる筆致で綴られた、分類不能の「殺し屋」小説！

マリアビートル　伊坂幸太郎

酒浸りの元殺し屋「木村」。狡猾な中学生「王子」。腕利きの二人組「蜜柑」「檸檬」。運の悪い殺し屋「七尾」。物騒な奴らを乗せた新幹線は疾走する！『グラスホッパー』に続く、殺し屋たちの狂想曲。

眠たい奴ら　新装版　大沢在昌

破門寸前の経済やくざ高見は逃げ込んだ温泉街で警察嫌いの刑事月岡と出会う。同じ女に惚れた2人は、政治家、観光業者を巻き込む巨大宗教団体の跡目争いの渦中へ……はぐれ者コンビによる一気読みサスペンス。

冬の保安官　新装版　大沢在昌

ある過去を持ち、今は別荘地の保安管理人をする男。冬の静かな別荘で出会ったのは、拳銃を持った少女だった（表題作）。大沢人気シリーズの登場人物達が夢の共演を果たす「再会の街角」を含む極上の短編集。

角川文庫ベストセラー

らんぼう　新装版
大沢在昌

巨漢のウラと、小柄のイケの刑事コンビは、腕は立つがキレやすく素行不良、やくざのみならず署内でも恐れられている。だが、その傍若無人な捜査が、時に誰かを幸せに……？　笑いと涙の痛快刑事小説！

GOTH　夜の章・僕の章
乙一

連続殺人犯の日記帳を拾った森野夜は、未発見の死体を見物に行こうと「僕」を誘う……人間の残酷な面を覗きたがる者〈GOTH〉を描き本格ミステリ大賞に輝いた乙一の出世作。「夜」を巡る短篇3作を収録。

失はれる物語
乙一

事故で全身不随となり、触覚以外の感覚を失った私。ピアニストである妻は私の腕を鍵盤代わりに「演奏」を続ける。絶望の果てに私が下した選択とは？　珠玉6作品に加え「ボクの賢いパンツくん」を初収録。

GOTH《ゴス》番外篇　森野は記念写真を撮りに行くの巻
乙一

山奥の連続殺人事件の死体遺棄現場に佇む男。内なる衝動を抑えられず懊悩する彼は、自分を死体に見たてて写真を撮ってくれと頼む不思議な少女に出会う。GOTH少女・森野夜の知られざるもう一つの事件。

さらば、荒野
北方謙三

冬は海からやって来る。静かにそれを見ていたかった。だが、友よ。人生を降りた者にも闘わねばならない時がある。夜、霧雨、酒場。本格ハードボイルド〝ブラディ・ドール〟シリーズ開幕！

角川文庫ベストセラー

殺人の門　東野圭吾

あいつを殺したい。奴のせいで、私の人生はいつも狂わされてきた。でも、私には殺すことができない。殺人者になるために、私には一体何が欠けているのだろうか。心の闇に潜む殺人願望を描く、衝撃の問題作！

夜明けの街で　東野圭吾

不倫する奴なんてバカだと思っていた。でもどうしようもない時もある——。建設会社に勤める渡部は、派遣社員の秋葉と不倫の恋に墜ちる。しかし、秋葉は誰にも明かせない事情を抱えていた……。

ナミヤ雑貨店の奇蹟　東野圭吾

あらゆる悩み相談に乗る不思議な雑貨店。そこに集う、人生最大の岐路に立った人たち。過去と現在を超えて温かな手紙交換がはじまる……張り巡らされた伏線が奇蹟のように繋がり合う、心ふるわす物語。

鴨川ホルモー　万城目　学

このごろ都にはやるもの、勧誘、貧乏、一目ぼれ——謎の部活動「ホルモー」に誘われるイカキョー（いかにも京大生）学生たちの恋と成長を描く超級エンタテインメント!!

かのこちゃんとマドレーヌ夫人　万城目　学

元気な小1、かのこちゃんの活躍。気高いアカトラの猫、マドレーヌ夫人の冒険。誰もが通り過ぎた日々が輝きとともに蘇り、やがて静かな余韻が心に染みわたる。奇想天外×静かな感動＝万城目ワールドの進化！

角川文庫ベストセラー

今夜は眠れない
宮部みゆき

中学一年でサッカー部の僕、両親は結婚15年目、ごく普通の平和な我が家に、謎の人物が5億もの財産を母さんに遺贈したことで、生活が一変。家族の絆を取り戻すため、僕は親友の島崎と、真相究明に乗り出す。

夢にも思わない
宮部みゆき

秋の夜、下町の庭園での虫聞きの会で殺人事件が。殺されたのは僕の同級生のクドウさんの従妹だった。被害者への無責任な噂もあとをたたず、クドウさんも沈みがち。僕は親友の島崎と真相究明に乗り出した。

あやし
宮部みゆき

木綿問屋の大黒屋の跡取り、藤一郎に縁談が持ち上がったが、女中のおはるのお腹にその子供がいることが判明する。店を出されたおはるを、藤一郎の遣いで訪ねた小僧が見たものは……江戸のふしぎ噺9編。

ブレイブ・ストーリー（上）（中）（下）
宮部みゆき

亘はテレビゲームが大好きな普通の小学5年生。不意に持ち上がった両親の離婚話に、ワタルはこれまでの平穏な毎日を取り戻し、運命を変えるため、幻界〈ヴィジョン〉へと旅立つ。感動の長編ファンタジー！

四畳半神話大系
森見登美彦

私は冴えない大学3回生。バラ色のキャンパスライフを想像していたのに、現実はほど遠い。できれば1回生に戻ってやり直したい！　4つの並行世界で繰り広げられる、おかしくもほろ苦い青春ストーリー。

角川文庫ベストセラー